Conversas, crônicas e impressões

José Alberto Couto Maciel

EDITORA

Desde pequena vejo-o sentado atrás de uma mesa escrevendo, ou numa poltrona lendo.

Quando não é assim, ele está se movimentando entre alguns dos seus muitos interesses: toca bateria, medita e, mais que tudo, pinta. Risca em carvão ou tinta telas, paredes e papéis com o mesmo gesto direto, alegre e espontâneo com que age na vida.

As crônicas e histórias aqui reunidas são um apanhado de suas observações que envolvem o cotidiano: trabalho, família, amigos, comentários irreprimíveis sobre a vida e seus desdobramentos na maturidade. É com leveza e bom humor que os assuntos são desenvolvidos, sejam eles a relação com a Justiça no Brasil ou as dificuldades que aparecem com a idade. Questões pessoais se misturam a pensamentos sobre sua longa experiência no Direito do Trabalho, sem hierarquia. Comentários críticos, dúvidas existências são expostos com a acidez delicada de quem viveu impetuosamente e sofreu sem perder o frescor. E há também as fabulações, muitas e divertidas. Ele sempre gostou de inventar histórias, e elas estão aí, disfarçando-se entre fatos. É na intimidade da palavra lida que ele compartilha experiências e receios de forma ágil e despretensiosa. Um encontro bastante pessoal com o leitor.

Esse é meu pai, um homem arrebatado, cheio de intensidades e paixões. Uma alegria imensa mais essa parceria.

Adriana Maciel
Editora

Aos meus filhos Adri, Re, Manu, Paula, Bruno, Pedro; aos meus netos, Raíssa, Rudah, Nícolas, Mel, João, Nina, José e Maria, ao meu bisneto Ravi e para ela, sempre, Mônica.

Discurso de posse na Academia Brasiliense de Letras:

Exmo. Senhor Presidente da Academia Brasiliense de Letras, professor Carlos Mathias de Souza, em nome de quem cumprimento os demais Membros da Mesa.

Minhas senhoras, meus senhores:

"Por acaso, surpreendo-me no espelho:
Quem é esse que me olha e é tão mais velho que eu?
Parece meu velho pai – que já morreu!
Nosso olhar duro interroga:
'O que fizestes de mim?' Eu, pai? Tu é que me invadiste.
Lentamente, ruga a ruga... Que importa!
Eu sou ainda aquele mesmo menino teimoso de sempre
E os teus planos enfim lá se foram por terra,
Mas sei que vi, um dia – a longa, a inútil guerra!
Vi sorrir nesses cansados olhos um orgulho triste." *

É possível que Mario Quintana tenha visto em seus cansados olhos um orgulho triste, mas hoje pela manhã, ao ver meu reflexo no espelho tive a oportunidade de sentir naquele velho um orgulho nada triste, mas, ao contrário, uma sensação de glória que me foi possível ter pela homenagem que me fizeram os acadêmicos quando, generosamente, me elegeram como membro desta Academia Brasiliense de Letras.

Ao ingressar na Academia, passamos a ter o apelido de imortal, talvez porque se consideram imortais aqueles que,

* "O velho no espelho", de Mario Quintana.

espiritualmente, deixam escritos que viverão por todos os tempos, pois, como afirmou Marcos Villaça, as impressões digitais de ser acadêmico são definitivas.

Mas, Senhor Presidente, não seria elegante dizer que sou imortal e não esclarecer a todos os convidados aqui presentes que imortais somos todos nós.

É interessante como o futuro chega. Hoje, os físicos quânticos convergem com os religiosos no sentido de que todos nós somos imortais de verdade, pois existe um universo, na consciência de cada um, atuando junto com o universo cósmico, uma consciência universal que tudo rege, um poder divino.

Começou com a teoria da relatividade de Einstein que explicava a inexistência do tempo, dizendo para o leigo:

"Coloque a mão num fogão quente por um minuto. Vai parecer uma hora. Fique uma hora com uma moça bonita. Vai parecer um minuto".

A ciência avançou para o reino quântico, nas menores partículas descobriu-se que o tempo é uma invenção, e que o próprio espaço não existe. A física quântica demonstra que vivemos em um universo participativo, nossa mente funde-se à mente cósmica, como acontece com as menores partículas.

É a nossa consciência que nos faz humanos e, assim como a água pode assumir a forma sólida, líquida ou gasosa, a consciência pode alcançar a forma pura, espiritual, que não morre. Por isso, todos nós aqui presentes, acadêmicos e convidados, todos nós somos imortais.

Em razão dessa consciência universal é que não acredito em coincidências, pois tudo tem uma razão de ser, inclusive dois acontecimentos que passo a narrar, vinculados à minha posse.

Quando pequeno, namorei na Pedra da Moreninha, em Paquetá, no Rio de Janeiro – e lá, muitos na minha época namoravam –, mas não sabia que a pedra tinha esse nome devido ao apelido de Carolina, por quem Augusto se apaixonou no enredo do primeiro romance considerado tipicamente brasileiro, obra-prima que inicia o romantismo no Brasil, escrita em 1844 por Joaquim Manuel de Macedo.

Essa lembrança que tenho ao ingressar na Academia decorre de ser Joaquim Manoel de Macedo, patrono da Cadeira nº XXXVI, que ora integro, o autor de A Moreninha, formado em medicina, professor de história no Colégio Pedro II e preceptor dos netos do Imperador Pedro II.

Se nos anos 1960 fui a reuniões em uma residência, na W3, do meu saudoso amigo Antônio Carlos Osório, onde preparávamos uma nova chapa para concorrer à OAB do Distrito Federal, jamais imaginei que hoje estaria tomando posse na Cadeira que lhe pertenceu nessa Casa, presidida por ele durante tantos anos. Decorre de seu trabalho e dedicação a grandeza desta Academia.

Osório, pelas obras que produziu, por sua atuação magistral como advogado e pela família maravilhosa que formou com sua inspiradora Natanry Osório, é alguém que não precisa nem ser lembrado porque continua vivo na memória de todos nós, um exemplo da imortalidade.

Foi Osório o primeiro advogado de Brasília, com escritório no núcleo Bandeirante, em 1957.

Sem medo da repressão, assumiu a presidência da Ordem dos Advogados, entre 1969 a 1971, garantindo o pleno exercício da profissão para todos os advogados na época da ditadura.

Escreveu inúmeros livros, foi um poeta premiado pela Academia Brasileira de Letras com o livro O silêncio e suas raízes, recebeu o prêmio Olavo Bilac.

Nessa vida intensa que só lembranças fabulosas deixou, escolhi um poema, dentre tantos outros de sua autoria, que, acredito, Osório gostaria de ouvir nesse momento grave pelo qual passa o Brasil, pois nele demonstra como guardava em si a figura de um lutador que, se aqui estivesse, estaria gritando por um país melhor, pois é o que demonstra no "Soneto do Grito":

"Se for preciso grite, e é preciso
Gritar ora blasfêmias, ora louvor
E alto gritar a hora enquanto é vivo
O tempo em chama matando riso e dor.

Claro gritar, gritar na treva escura
Gritar na pura exaltação do amor
Gritar a cólera em látego que dura
Enquanto carne exsude desamor.

Que grite o homem, só o gritar perdura
Perdido embora, grite enquanto é rubro
O sangue a circular a pele impura.

O homem é um grito solto em largo espaço
E se ninguém ouvi-lo pouco importa
Ele sempre dirá: sou um grito e assim me faço."

Ouvi as palavras de nosso acadêmico Paulo Castelo Branco, orador brilhante a quem agradeço os elogios, certamente fruto de nossa amizade e de nossa recíproca empatia.

Prezados confrades, confreiras, e todos os amigos, amigas e familiares aqui presentes, agora alcanço a Academia Brasiliense de Letras e chego parodiando Fernando Pessoa, ao dizer

Que sou apenas um fingidor
Fingindo, mesmo sem razão,
Que faço poesia, que sou escritor,
Para conquistar de vocês o coração.

MUITO OBRIGADO.

SUMÁRIO

A lenda do lago

É sempre interessante, em Brasília, recordar a figura de Guido Mondin, artista, pintor, escritor e um dos políticos mais marcantes quando a cidade foi criada, tendo sido senador e presidente do Tribunal de Contas da União.

E a melhor lembrança que, a meu ver, Guido Mondin deixou sobre Brasília foi uma história relativa a seu nascimento, que se chamava "A lenda do lago".

Contava ele que vivia, na tranquilidade do Planalto, andando entre o cerrado e a floresta densa, o índio Paranoá.

Ele era amado pela Lua (Jaci), que ungia de tons prateados seu corpo másculo, mas Paranoá a ela era insensível e distante.

Certo dia, o velho pajé lhe disse: "Guardarás teu amor, tua força, teus desvelos, o melhor de tua caça, à bela que Tupã te destinou."

Paranoá crescera, esbelto e ágil, fazendo-se magnífico guerreiro. Descendia dos Tapuia, mas sua nação desapareceu, e somente ele permanecia à espera do que havia de vir. Lembrava-se do que o pajé lhe dissera: que a sua amada anunciaria sua vinda nos ecos da floresta.

Certa tarde, a mata estremeceu. Os ruídos foram se avolumando. Trovões pareciam ter descido à terra e tudo entrava em convulsão, multiplicando-se os sons, como se a floresta tombasse aos golpes de muitos machados.

— É ela! — Exclamou Paranoá, pondo-se alerta.

Sim, era ela. Uma figura alada, fulgurante e bela, mil vezes mais bela que as mulheres de sorriso moreno que conhecera em sua tribo.

A paixão aprisionada durante a espera transbordara agora em ímpetos incontroláveis. Ante o deslumbramento de Paranoá, a figura excelsa estendeu serenamente as asas, como a querer acolhê-lo.

— És tu a anunciada do pajé? — perguntou Paranoá.

— Sou. Vim para que não vivas mais só — disse ela.

— Eu sou Brasília!

Então, Paranoá, abrindo os braços, fremente de emoção, correu para cingi-la.

Jaci, entretanto, espreitava. Ela, que o acalentara durante a solidão, embora conformada com sua indiferença, sofria agora, ao perdê-lo para sempre.

Quis vê-lo em derradeiro, e a sua luz refletiu-se nos olhos do guerreiro. Paranoá deteve-se, num estremecimento. Pela primeira vez contemplou a meiguice de Jaci e a suave tristeza de sua luz. Só então compreendeu que amava Jaci. Hesitou. Ante sua vacilação, Tupã irritou-se, condenando-o à imobilidade e convertendo-o num lago, de braços sempre abertos, sem jamais alcançar aquela por quem tanto esperara.

Jaci condoeu-se de Paranoá e, tangida pelo remorso, refugiou-se atrás de uma nuvem.

De quando em vez, Jaci volta. Demora-se sobre o lago e, como a expungir-se de culpa, cobre de prata a sua superfície, ao mesmo tempo que inunda Brasília de luz. E cada vez Jaci regressa chorando orvalho e mentindo às estrelas que assistiu às núpcias de Paranoá e Brasília.

Essa é a lenda do lago. Cinquenta anos depois, está aí o lago Paranoá, com seus braços formados pelos rios que o integram, iluminado pela luz prateada da Lua, paralisado e ao mesmo tempo encantado com o crescimento de Brasília, enviada para com ele conviver.

Vejam que, com "A Lenda do lago", Guido Mondin procurou uma forma para demonstrar como entendia o surgimento do lago Paranoá, não admitindo nunca, em sua imagem de poeta, que fosse um lago artificial.

E com seu imenso amor a Brasília, escreveu um texto publicado em 1963, no Correio Braziliense, quando do aniversário da Capital Federal:

"(...) dia estarás consolidada. As gerações que se seguirem não lembrarão, e talvez nem compreenderão, o sentido ao mesmo tempo amargo e sublime desses primeiros tempos na vida dos que aqui vieram. Isto não importa. O que importa é que levaremos para o supremo repouso a consciência e a honra de que também te construímos. Não somos arquitetos, nem engenheiros, nem pedreiros. Os nossos instrumentos são os nossos corações e a nossa técnica são as manifestações da alma."

Que artista era Guido Mondin!

Se eu pudesse falar com Deus

Sei que muitos religiosos dirão que eu posso falar com Deus, seja através de uma oração, ou mesmo de um pedido mais profundo, pois ele me ouvirá.

Não é isso que eu queria. O que eu gostaria mesmo era de falar com ele, nada de especial, comentar algumas coisas que, no meu entender e pela minha experiência, foram feitas de forma errada, e que ele, com todo o seu poder, não deveria ter feito dessa forma, mas poderá, ainda, corrigir.

Diria a ele que, desde o princípio, criou no mundo a discriminação, ao fazer o homem em primeiro lugar e a mulher depois, de uma costela, ou seja, a mulher vem sendo discriminada desde a Criação. E o que é mais importante, nasce aí o ato de discriminar as pessoas.

Mas vamos ver o nosso corpo. Qual a razão de você, após passar por todas as dificuldades de uma vida e chegar à velhice, ganhar como prêmio o desgaste do corpo, neuroses e uma morte inevitável, quando seria o momento de ser premiado?

Por que esse mistério de não dizer o que há depois da morte, apenas umas ideias não comprovadas por ninguém, de céu, purgatório, inferno, ou vida após a morte com ressurreição, nova vida para pagar pecados anteriores etc...? Então, eu vivo oitenta, noventa anos e mereço como glória final um mistério desses? É em razão desse mistério que as religiões se dividem, as crenças são enormes e todo o mundo, como sabe que vai morrer mesmo, se adapta a alguma verdade sem qualquer garantia válida.

Ah, mas o mistério faz com que você tenha de acreditar, caso contrário não será um bom cristão? Ora, então por que, meu Deus, Vossa Divindade deu-me uma mente que possibilita pensar e, pensando bem, devo acreditar no que tenho certeza, ou no que, pelo menos, já aconteceu com outros?

Perguntaria também a Deus qual a razão de existir o direito para punir as pessoas que não são direitas? Se Ele é quem fez o homem, por que não o fez, de uma vez, direito, acabaria com essa história de advogado, juízes etc., e estou advogando contra mim, pois sou advogado.

Por que, meus Deus, e aqui vou localizar a situação no Brasil, por que o país tem de ter um presidente cujos interesses têm de se aprovados pelo Congresso Nacional e uns congressistas que só votam se o governo os agradar? Por que o sujeito é considerado corrupto por todos, há provas cabais, mas ele pode continuar no poder? Não seria o caso de uma intervenção divina, uma vez que os interesses dos poderosos são defendidos por eles mesmos?

Outra coisa que me preocupa, ainda quanto ao corpo, é a questão da saúde: tenho de fazer ginástica todos os dias para os músculos e os ossos continuarem funcionando; tenho de comer vegetais, pouca carne, reduzir os doces e tudo o mais que os nutricionistas mandam, para viver mais. Bebo água, vou urinar, com a comida, devo defecar. Não seria muito mais simples organizar isso de forma a que as pessoas comessem e bebessem o necessário e seus órgãos convivessem bem com a natureza, sem precisar dessa ginástica obrigatória para viver um pouco melhor?

Meu Deus, eu diria, não vou nem querer criar qualquer polêmica, mas conheço casos de ladrões que roubaram alimentos por necessidade, e que estão presos há anos, antes do trânsito em julgado de seus processos, e casos de outros ladrões que roubaram o país em milhões e milhões de reais, que só deverão ir para a cadeia, se forem, quando transitar em julgado seu último recurso, e que podem, inclusive, nesse ínterim, atuar como congressistas ou executivos de relevantes poderes no Brasil. Não é estranho? Todos são iguais perante a lei?

Finalmente, meu Deus, eu concluiria, para descer do muro e não ficar esperando a morte para depois seguir o que lá existir, sem criar inimigos antecipadamente ao rezar para um Deus inexistente, me dê uma dica real do que existe na verdade, ou diga logo que nada existe, ok?

Abraços.

Em defesa da Justiça do Trabalho

Em 1984 reaparece a ideia de extinção da Justiça do Trabalho, a tentativa foi frustrada pela Constituição de 1988 e querem, novamente, levantar uma possibilidade de Emenda Constitucional transferindo essa Justiça especializada para a Justiça comum.

Houve nesse sentido, inclusive, declaração do Presidente da Câmara dos Deputados, o que demonstra um desentendimento total sobre a matéria.

Alegam os representantes do povo que a Justiça do Trabalho é deficitária, pois os gastos decorrentes de sua estrutura são maiores do que os próprios direitos reclamados pelos trabalhadores, surgindo a "piada" de que seria melhor o governo pagar a todos os trabalhadores e extinguir essa Justiça.

Mentira e, claro, argumento de quem quer lucrar e não ter uma justiça que fiscalize o direito dos trabalhadores. Nesse cálculo não se verificou quanto arrecada a Justiça do Trabalho em impostos favorecendo o Governo, a Previdência Social e nem se imaginou a paz social decorrente de uma Justiça especializada.

Dizem também que não é uma Justiça que exista ainda em outros países. Mentira, como bem evidenciou José Pastore, em artigo recentemente publicado no Correio Braziliense, na América Latina quase todos os países possuem justiça trabalhista. Na Europa, ela existe na Alemanha, na Finlândia, na França, na Hungria, na Irlanda, na Noruega e na Suécia, como também na Espanha, na Holanda e em Portugal, variando sobre graus de jurisdição e conflitos coletivos e individuais.

Existem, sim, países em que a Justiça do Trabalho está integrada à Justiça comum nos quais, porém, a origem do direito decorre da *common law*, como o Japão e os Estados Unidos. No Brasil, a origem vem do direito romano-germânico. Há, ainda, outros países, de características próprias, com instâncias trabalhistas e graus superiores relativos à Justiça comum.

Mas o importante é que a nossa Justiça do Trabalho, que deve orgulhar a todo o brasileiro, e que é procurada de forma a garantir o direito de seus trabalhadores, não só é uma Justiça especial, como é, também, uma Justiça criada de forma diferente, com características próprias que lhe foram acrescentadas por estudiosos, doutrinadores, magistrados, e todos que querem uma garantia maior em defesa do trabalho.

Vejam que na época do golpe de 1964, e conheço bem da matéria porque sou advogado trabalhista há cinquenta anos, quem manteve a estrutura das empresas e dos sindicatos no Brasil foi esse poder normativo, tão destroçado hoje em dia, porque no momento em que havia greves nacionais com possibilidade de invasão dos militares, era a decisão normativa do TST que salvava o conflito. Assim conseguimos chegar novamente à democracia.

Vejam que o trabalho escravo, que tentaram fazer tudo para que voltasse, foi levantado nos dias atuais pelo Ministério Público e condenado pela Justiça do Trabalho.

Ao contrário do que dizem os grandes interessados na extinção da Justiça do Trabalho, e não por coincidência o Congresso é formado em sua maior parte por grandes empresários, não se julgam nessa Justiça processos em média de quatro mil e quinhentos reais, como declarado em recente artigo. Se assim fosse, não haveria toda essa gritaria por sua extinção.

Julgam-se processos pequenos, sim, mas também

processos milionários, pois um dissídio coletivo abrange uma categoria de milhares de trabalhadores. Um dano moral coletivo tem um valor incalculável, e quem aprecia tais matérias não é a Justiça comum e sim a Justiça do Trabalho.

São milhares de processos em tramitação na Justiça do Trabalho e isto é uma verdade, mas tal fato só demonstra que existem milhares de empresas descumprindo os direitos dos trabalhadores e, nesse caso, existem duas alternativas.

Ou se valoriza a Justiça do Trabalho, ou se acaba com ela porque está atrapalhando o lucro.

Então surgem os entendidos dizendo que o melhor é transformar essa Justiça em uma administrativa, (como era antes de 1943), propiciando soluções mediante arbitragem, mediação e conciliação.

É certo que decisões negociadas devem ser objeto de estímulo na Justiça do Trabalho, pois a conciliação é um de seus princípios, desde sua criação. Mas aplicar simplesmente a negociação sem intervenção judicial, nessa flagrante desigualdade entre as partes litigantes é retornar ao tempo anterior à Princesa Isabel. Quem sabe não se extingue também a democracia e se retorna ao poder monárquico?

O juiz, a sentença e a coisa julgada. Uma história para ser pensada pelos legisladores no Natal

Dizem que a figura do juiz foi inventada em 317 a.C. por Hipólito Kardienes, na ilha de Santelatétia, no mar Egeu.

Antes de sua existência, as pessoas, quando se desentendiam, lutavam, brigando em grupos ou individualmente, até que houvesse um acordo ou o domínio de um pelo outro, os vencidos tornavam-se servos, escravos, quando não eram mortos. O conflito era inevitável e, em razão dele, existe o mundo, pois Adão e Eva ainda estariam no paraíso se não tivessem entrado em litígio com Deus ao comer a maçã.

Aliás, se já existisse juiz na época, certamente Adão e Eva não seriam expulsos do paraíso porque a serpente que ofereceu uma maçã para Adão comer, sendo a fruta proibida, estava induzindo-o. Por que houve tal oferecimento? Por que Deus, um ente bondoso, teria enviado uma serpente, inventada por ele para tentar o casal que, vinda dele, certamente consideraria a maçã um bom fruto?

Ora, se Deus criou o homem e a mulher, sabia que gostariam da maçã, então, não poderia testá-los com esse tipo de artimanha para, em seguida, expulsá-los do paraíso. É evidente, assim, que um magistrado liminarmente suspenderia tal expulsão.

Mas sobre a criação do juiz, ouvi contar uma história

que dizia o seguinte: certo dia, um pescador grego saiu para pescar em seu barco feito com um tronco e velas de folhas de bananeira, muito usadas pelos nativos na Antiguidade, tendo retornado no final do dia com seis grandes peixes, dos quais entendeu ser legítimo proprietário, entregando-os à sua esposa para preparo de uma peixada no dia seguinte.

Seu pai, porém, afirmando que o tronco usado pelo pescador era seu, e que as folhas de bananeira usadas foram retiradas da oca que lhe pertencia, e não da do filho, entrou em conflito com ele, pois entendia que os peixes não eram do pescador, mas do dono do barco, o pai e líder da família.

Surgiu então o litígio, que precisava de alguém para solucionar, um terceiro que fosse imparcial e não interessado na "causa", pois o filho era mais forte do que seu velho pai, mas a ele devia respeito, e não poderia se apoderar do bem à força.

Os dois então, pai e filho, concordaram que o chefe da tribo fosse convidado para desempatar a contenda, os dois aceitariam a solução que por ele fosse dada com relação à propriedade dos peixes.

Houve uma reunião dos líderes das famílias que constituíam a tribo, e o cacique concordou em ser o árbitro, mas com uma condição: subiria a montanha e lá meditaria por sete dias, quando, em seu retorno, daria a "sentença". E assim surgiu a figura do juiz.

Passados os sete dias, o cacique desceu da montanha, reuniu a tribo e fundamentou sua decisão dizendo:

– O pai é o verdadeiro proprietário do barco, pois o tronco e as folhas a ele pertencem, mas o filho, mediante seu trabalho e arriscando a própria vida em alto mar, conseguiu pescar os seis peixes.

E concluiu a sentença:

– Concedo ao pai três peixes e ao filho os outros três e, assim o fazendo, acho que estou sendo justo e, aplicando pela primeira vez o direito no mundo, estou satisfazendo ambas as partes.

Mas vejam o resultado desse triste julgamento. Ao ficar meditando sete dias na montanha e trazendo consigo a solução justa ao impasse, na divisão dos peixes, pai e filho verificaram que os seis pescados já estavam podres e de nada mais valiam.

E assim, até hoje, os legisladores ainda não entenderam que é mais do que necessário reformar a legislação processual, e de imediato, porque os juízes, por mais rápidos que queiram julgar, encontram uma montanha de recursos até que suas soluções transitem em julgado. As decisões em nosso país, quase todas, quando transitam em julgado, estão como os seis peixes da história, efetivamente podres.

Vejam, não basta aos magistrados a boa vontade e mesmo a prisão aos milhares de processos que julgam, pois outros milhares são novamente empilhados para julgar, a justiça continua lenta, e justiça lenta não é justiça.

Não depende dos juízes a reforma do Judiciário, pois quem reforma as leis é o Congresso Nacional, e o que espero, como advogado, é que o Poder Legislativo dê ao povo brasileiro o que é esperado desde a Grécia antiga, uma reforma para que possamos dizer que existe justiça no Brasil, que aqui os peixes não mais apodrecem quando surge a coisa julgada.

Catástrofes

É interessante o modo como os economistas, e muitos jornalistas, anunciam as catástrofes mundiais sem o menor pudor, como se tudo fosse realmente acontecer.

O jornalista Newton Carlos, em artigo, esclarece que o *New York Times* disse que o derretimento financeiro é parte de um derretimento muito maior e é preciso encontrar as causas e atacá-las em seu coração, com golpes certeiros.

O Fundo Monetário Internacional (FMI) avisa que o mundo está à beira de uma recessão.

A ONU considera a proliferação nuclear, que inclui o Irã, como a maior ameaça em curso à humanidade.

Muitos dizem que o mundo não ultrapassará 2050, em razão da degradação constante do meio ambiente.

Na atual crise econômica, muitos observadores viram situação semelhante à de 1929, com a possibilidade de milhares de suicídios, desemprego em massa e falências desenfreadas.

A atual crise econômica mundial, com algumas manobras governamentais tomadas em conjunto pelos países mais prejudicados e com a eleição de Obama, ficou para trás, e o que seria um terror econômico mundial, que se refletiria por muitos anos, configurou-se como mais uma crise passageira.

Enfim, isso tudo lembra o que escreveu Roberto Pompeu de Toledo sobre uma charge da revista *New Yorker*, em que mostrava um cidadão de Roma Antiga que se lamentava ao datar um documento: "Esqueci de novo! Coloquei a.C. em vez de d.C."

Ora, o antigo romano se lamentava de ter escrito antes de Cristo quando este já tinha morrido na cruz. Como poderia ele saber que na Judeia, por aqueles dias, nascera um bebê destinado a se tornar a figura central da religião católica?

Outro exemplo de que as previsões catastróficas não têm nenhum fundamento no momento em que são feitas, mas partem de quem deseja aparecer na mídia, é a história do turco que invadiu Constantinopla em 1453 e disse aos companheiros: "Vamos logo que estamos inaugurando a era moderna."

Em seu artigo, Roberto Pamplona demonstra que os movimentos da história só se percebem décadas, ou séculos, depois, pois ninguém consegue flagrar o marco histórico no momento em que acontece. Como se o casal, passeando pela Bastilha em 14 de julho de 1789, fosse entender que, naquele dia, estava sendo alterada a história da França.

Barack Obama é presidente dos Estados Unidos, e nenhum negro teria previsto isso, pois até 1964 nem mesmo tinham direito a voto.

A crise de 1929 não se repetiu. O mundo continua respirando e o meio ambiente está sendo cuidado, pouco a pouco, e cada vez mais, com maior ênfase.

Os graves problemas que alteram nosso mundo são cíclicos e não acontecem porque alguns jornalistas, brilhantes economistas ou políticos de renome afirmam que eles estão ou vão acontecer. Apenas acontecem, e gerações posteriores é que os estudarão, mas nos livros de história.

O disco voador e os terráqueos

Noticiaram os jornais em Brasília que várias pessoas viram um objeto não identificado durante a madrugada de ontem, os cientistas sugerem que tenha sido a passagem de um meteorito.

Muitos viram uma forma de disco, metálica, com várias aparições, e em velocidade muitas vezes não acompanhada continuamente. Outros acharam que a forma era semelhante a um charuto, de cor marrom forte, com luzes brilhantes em seu final. O mais caracterizado, porém, foi a visão de uma faixa de luz diferente, que se movia, apagava e aparecia em fração de segundos, em local totalmente diverso.

As imaginações crescem, e alguns já admitem ter visto mesmo determinada figura, caracterizando-a como um marciano, de cor verde, com apenas um olho e estatura baixa, em torno de um metro e meio de altura. Andava com três pernas, e sua pele confundia-se com um macacão, pois, embora grudada em todo o corpo, teria uma espécie de zíper nas suas costas.

Não se sabe qual a razão, mas sempre que alguém diz ter visto um extraterrestre considera ser ele marciano, como se já fossem os seres do planeta Marte conhecidos de nós todos, e até em sua forma, especialmente no que diz respeito a terem um olho só. Já tentei especular o porquê desse olho único, mas não compreendo.

O fato é que, tirando a imaginação, um objeto voador não identificado baixou perto da represa, no Lago Sul, durante a madrugada desta segunda-feira, muito próximo a um posto de gasolina, a menos de um quilômetro da Ermida Dom Bosco.

Era mesmo um objeto onde reluzia o metal da nave, meio arredondada e com uma altura que poderia se entender entre quatro e cinco metros.

Dele desceu um ser, parecido com o relatado por alguns brasilienses, se aproximou do posto de gasolina e, escondido, ficou observando por algum tempo o referido posto. Lá não havia quase movimento, mas um ou outro carro estacionou para colocar gasolina.

Aquele ser ficou parado durante mais de duas horas em seu esconderijo, camuflado entre as árvores verdes, com sua cor esverdeada e, retornando à nave, encontrou-se com outro de igual estatura e figura muito semelhante, e narrou, então, sua visão sobre os dois seres humanos que acabara de ver no posto de gasolina.

A conversa foi captada por um brasiliense, de forma mental, pois o que falavam entrava na mente daquela pessoa, a qual, devidamente escondida no meio do cerrado, estava surpresa com tudo que via e ouvia, sem entender como ouvia se não conseguia escutar.

E então o ser extraterrestre disse ao outro que esperava próximo da nave:

— Como é, você conseguiu ver algum ser humano de perto?

— Sim, consegui ver dois e creio que são as figuras mais estranhas que se possa conhecer.

E, em seguida, começou a falar sobre os terráqueos que conseguiu ver, bem próximos:

— Eram dois sujeitos estranhos, vestidos iguais, com uma roupa de latão vermelha, os dois com a mesma altura. O curioso é que não falavam um com o outro, nem mesmo se mexiam. Apenas seus olhos brilhavam e trocavam números, sendo que, às vezes, em seus olhos apareciam cifrões. Mas o impressionante é que portavam um enorme pênis, preto, tão grande que usavam pendurado no pescoço.

— Mas não seria um equívoco do amigo tal visão? - perguntou o pretenso marciano –, pois se não se mexiam e estavam com isso que você considerou pênis preso ao pescoço, talvez fossem apenas esculturas feitas por algum artista terráqueo.

— Não, não - respondeu Kist, assim chamado o interlocutor pelo apavorado ser que tinha apreciado algo muito estranho. — Eu vi mais do que o que acabo de lhe contar. Repentinamente, um outro ser, que me pareceu feminino, de cor branca, chegou perto de um dos seres humanos e tive a oportunidade de apreciar uma relação sexual entre eles: surgiu um tipo de bicho, que muito se movimentava, e retirou o pênis do terráqueo do ombro, inserindo o mesmo naquele ser feminino branco, cujo buraco abriu-se ao levantar-se uma espécie de tampa. O interessante é que, enquanto o terráqueo estava com o pênis naquela figura branca, seus olhos reviravam números e cifrões.

E assim foram embora os homens do espaço, um deles pensando ter conhecido os seres humanos.

Alimentação

A alimentação sempre foi considerada um prazer, ao mesmo tempo em que nutre o corpo e é essencial para a vida.

Não faz muito tempo, todos almoçavam e jantavam pelo prazer da comida, sem se importar muito se havia gordura, se era carne, se comiam ou não sobremesa, distinguindo-se o convite mediante um almoço típico mineiro, um churrasco gaúcho, carne de sol ou um peixe do Nordeste. Assim eram feitos os programas: em torno da mesa.

Com o progresso e os novos conhecimentos médicos, porém, a coisa degringolou. Um tal de Cooper inventou aquela corrida diária de 1200 metros, daí em diante todos passaram a se preocupar com a corrida. Seguiu-se um número elevado de academias, pretendendo estabelecer a forma física, os gordos passaram a sofrer cada vez mais, e as mesas fartas foram sendo reprimidas.

Vieram os spas e difundiram-se rapidamente as cirurgias plásticas, sendo que, na medicina estética, criaram-se soluções, das mais estapafúrdias, para redução de peso, como a lipoaspiração, na qual algo como se fosse um aspirador de pó esvazia as mulheres para que se mantenham na linha.

As modelos passaram a desfilar na passarela com corpos tão esqueléticos, que a impressão geral é de que se está vendo as roupas penduradas em paus que se cruzam sob rostos lindos, em um verdadeiro concurso de anorexia.

Em geral, não é mais possível comer sobremesas, nem chocolates, tendo em vista o aumento dos triglicerídeos, e é inviável comer feijoada, hambúrgueres, lasanhas, churrascos e outros alimentos fantásticos, considerando a taxa elevada de colesterol e possível placas de gordura nas artérias.

As pessoas, se ultrapassam um pouco seu peso, não encontram lojas para comprar roupas. Chega-se ao ponto de, como se fossem idosos ou deficientes físicos com vagas especiais para seus carros, terem de adquirir seus trajes em lojas especializadas, como uma tal de Vargas. Enfim, o gordo passou a ser um desagregado social, comparado a um fumante, ou alguém viciado, que precisa de tratamento urgente.

Então, o problema das calorias – formadas por gorduras, proteínas e hidratos de carbono – deixa pouco para você comer sem culpa, coisas como maçã, couve-flor, rabanete, tofu, água de coco, duas ou três alfaces e, sem dúvida nenhuma, chuchu.

Talvez seja por isso que existam tantos terroristas com vontade urgente de morrer, pois estão certos de que viverão no paraíso onde não haverá dietas e problemas calóricos, além de sobrarem mulheres sem aquelas gordurinhas a mais.

Os americanos, pensando nisso, ao mesmo tempo em que bombardeavam o Iraque e o Afeganistão, enviavam junto com as bombas algumas delícias de sua cozinha, tentando evitar, dessa forma, que novos atentados fossem planejados, especialmente em razão da alimentação farta e gostosa que já vinha do céu, sem precisar que ninguém se explodisse para obtê-la.

Queremos notícias boas

É claro que você não pode ser um alienado e que precisa conhecer os fatos que acontecem no Brasil e no mundo. Mas conhecer apenas as notícias ruins é carregar no dia a dia uma carga negativa que poucos aguentam, daí tanta neurose hoje.

Vejam que, com a imprensa interligada em todos os países e Estados, certamente, a todo momento, uma tragédia acontece. Então você acorda, toma café, liga a TV no jornal e surge um ônibus que caiu numa ribanceira no interior do Piauí, vê-se quatro ou cinco mortos na tragédia; logo depois, aparece o menino que surtou e matou quinze amigos em um determinado colégio nos Estados Unidos (isso acontece quase sempre lá).

Você fica triste e resolve desligar a televisão e ler o jornal. Na primeira página está evidenciado que descobriram mais quatro casos de corrupção no Senado, somado aos seis de ontem; uma menina de cinco anos foi estuprada pelo pai, e, na seção de Esportes, torcedores despencaram de uma grade em um estádio em Campo Grande.

Já arrasado, o sujeito entra no carro e liga o rádio na CBN. Ouve que ladrões estão assaltando em, pelo menos, quatro sinais onde ele, obrigatoriamente, vai passar e que um terremoto na Itália matou mais de duzentas pessoas.

O infeliz consegue chegar ao trabalho, e o comentário geral na repartição é sobre a notícia de que Marisa, secretária do diretor, sofreu um sequestro-relâmpago quando saía do supermercado, junto com a filha, que levou um tiro na orelha.

Assim segue o dia a dia do brasileiro, deprimido, neurótico, mas esperando sobreviver até a volta para casa, se o trânsito deixar.

Não é por nada, e sem querer fugir dos acontecimentos, mas será que os noticiários na televisão, revistas, jornais, enfim, na imprensa em geral, não poderiam tratar, em pelo menos uma página que seja, do que aconteceu de bom na cidade, no país, ou no mundo, a fim de que tivéssemos um pequeno porto para nos ancorar contra todas as demais notícias?

Exemplificando: seria difícil para a imprensa dizer que ontem não caiu nenhum avião no mundo e que voaram não sei quantos milhões, em dias ensolarados e em meio a temporais e neve?

Seria impossível noticiar que o Senado votou o projeto da mais alta relevância para o país, e, ainda, comentar tal projeto? Dizer que o Supremo Tribunal Federal julgou, em uma só sessão, dezenas de processos de repercussão nacional, e que, em razão da reforma do Judiciário, reduziram o número de processos nos tribunais. Seria difícil?

Não há interesse em entrevistar o cientista brasileiro que está adiantado na elaboração da vacina contra a aids? E divulgar os estudos avançados, nos Estados Unidos, relativos à cura de determinadas paralisias mediante células-tronco, é pedir muito?

Seria complicado noticiar que, na comunidade do Vidigal, os moradores estão trabalhando em parceria com um estrangeiro para transformar o morro em ponto turístico, com hotéis, escolas e casas coloridas?

Em vez de falar sobre os que morreram no terremoto na Itália, seria tormentoso demonstrar a ajuda que tem sido concedida aos que sobreviveram, e como há gente interessada em melhorar a vida dos que sofreram na tragédia?

Bom, deixo aqui a sugestão aos donos e diretores de jornais, revistas, canais de televisão e demais meios de comunicação: façam, pelo menos uma vez por dia, uma matéria do que acontece de bom no mundo. Pois o bom também vende e faz bem.

Sei que logo vão aparecer os exageros otimistas e dizer que viram o ex-presidente Sarney na fila de idosos para embarcar no avião, mas, valem mais os exageros otimistas do que exagerar o trágico. Aproveito a ideia para informar, em primeira mão, que o Flamengo vai ser campeão novamente.

Histórias clássicas para crianças

Até hoje não entendo como as histórias para crianças, contadas antigamente e até hoje repetidas, foram sempre admiradas pelos pais e por psicólogos, sem ninguém reparar que, mais do que histórias infantis, são histórias de terror, que assustam mais do que alegram ou educam as crianças.

Fico até mesmo em dúvida quanto ao objetivo dos autores, mas como antigamente as crianças eram educadas na base do susto e de algum terror, acredito que talvez aí esteja a origem das histórias narradas com tanta delicadeza, para que a criança dormisse, certamente com pesadelos.

Mas vejamos a história mais famosa, que é a do *Chapeuzinho Vermelho.*

Conta-se que Chapeuzinho Vermelho era uma menina, com aproximadamente quinze anos, que pretendia levar comida para a vovozinha, que morava em uma choupana no meio da floresta.

Havia um risco grande nessa ida à casa da vovó, e esse risco estava em determinado caminho onde se escondia o temido Lobo Mau. Por tais razões, a mãe de Chapeuzinho esclareceu-lhe que havia dois caminhos para chegar na casa da vovó: por uma estrada que era larga e movimentada, sem risco de encontrar o Lobo, ou por uma estrada escura e deserta, onde, muitas vezes, escondia-se o terrível Lobo.

Não se sabe porquê, e isso a história não conta, Chapeuzinho Vermelho, desobedecendo à mamãe, resolveu seguir para a casa da vovozinha pela estrada perigosa, com sua cestinha de guloseimas, possibilitando ao Lobo Mau verificar que ela se dirigia para a casa da velha.

Diz então o autor que o lobo correu por um atalho, chegou à casa bem antes da menina, certamente comeu a velhinha e, pegando suas roupas, inclusive a touca (naquele tempo toda avó usava touca), vestiu-se e aguardou a menina na cama, travestido de vovó.

Começou então aquela conversa que todos nós sabemos: — que orelhas grandes...? que nariz grande...? que olhos tão grandes...? E quando chegou a boca grande, a resposta foi: é para te comer...

Ora, vamos analisar superficialmente tal história. Tem nexo que seja contada para crianças? É claro que não! Inicialmente, vê-se uma menina, já com certa idade, desobedecendo à mãe e seguindo o caminho do perigo por vontade própria. Ela encontra, na casa da vovó, alguém deitado na cama da velha que, evidentemente, não era quem ela conhecia e, no entanto, fica fazendo perguntas idiotas sobre o tamanho das orelhas, dos olhos, do nariz e da boca.

Finalmente, em vez de correr de imediato, a menina fica sentada na cama e deixa o lobo, que ela já sabia estar por perto, comê-la, depois de comer a vovó. Meu Deus, será isto história para criança?

Vamos apreciar outra história famosa, a do *Rei Leão*, não só escrita, como também filmada para crianças.

Quem é o Rei Leão? Trata-se de um ditador, animal mais poderoso da selva e comandante dos demais bichos, que transmite seu poder para os filhos.

Seu filho, Simba, ao nascer, foi mostrado a todos os súditos como herdeiro, revoltando o tio Scar, que queria ocupar seu lugar, embora demonstrasse ser admirador do rei e amigo da família.

Scar tenta matar o sobrinho, Simba, num vale de gnus e não consegue. Ele era amigo das hienas, a pior espécie moral de animais, elas encurralam o rei que, ao fugir, é empurrado da montanha pelo irmão e morre.

Simba foge e desaparece do vale com o amigo, Pumba, e a amiga, Nala, voltando anos depois para matar o tio e conquistar novamente o trono.

Vejam que história! Um idiota de um leãozinho corre atrás de um trono, mata o tio, que matou seu pai, ficando como ditador de todos os animais do vale. Isso é história para criança?

Deixo de analisar outras, como a dos *Três Porquinhos*, porque só de lembrar das casas deles sopradas e da bunda do lobo pegando fogo, sinto que não preciso falar mais nada.

Garantias constitucionais em conflito, liberdade de religião e direito à vida

A Constituição Federal, dentre as garantias fundamentais, estabelece em seu artigo 5°, inciso VI:

> "É inviolável a liberdade de consciência e de crença, sendo assegurado o livre exercício dos cultos religiosos e garantida, na forma da lei, a proteção aos locais de culto e suas liturgias."

E diz o inciso VII do texto constitucional:

> "Ninguém será privado de direitos por motivo de crença religiosa ou de convicção filosófica ou política, salvo se as invocar para eximir-se a cumprir prestação alternativa, fixada em lei."

Temos, na garantia fundamental da religião, o princípio de que a todos é garantido o culto, na forma que consideram que deva ser exercido, de acordo com suas crenças.

O Código de Ética Médica, em seus art.46 e 56, veda aos médicos efetuar qualquer procedimento médico sem o esclarecimento e consentimento prévios do paciente ou de seu responsável legal, salvo iminente perigo de morte, bem como desrespeitar o direito do paciente de decidir livremente sobre a execução de práticas diagnósticas ou terapêuticas, salvo em caso de iminente perigo de morte.

A vida, por outro lado, surge como garantia fundamental em nossa Constituição, no próprio artigo 5°, em seu caput:

"Todos são iguais perante a lei, sem distinção de qualquer natureza, garantindo-se aos brasileiros e aos estrangeiros residentes no país, a inviolabilidade DO DIREITO À VIDA, à liberdade, à igualdade, à segurança e à propriedade (...)"

Recentemente, um adepto da Igreja Testemunhas de Jeová, internado em hospital com necessária operação de urgência, deixou por expresso para sua esposa orientação no sentido de que não lhe fosse realizada transfusão de sangue, mesmo que disso dependesse sua vida.

Surgiu então o conflito entre duas garantias fundamentais da Constituição: direito à vida e direito à religião.

Em princípio, parece que a garantia à vida é o princípio maior sobrepondo-se a qualquer outro, inclusive à religião. Mas nem sempre é assim, pois temos o exemplo dos homens-bomba, terroristas que dão a vida em favor da religião. Também, em certos casos especiais, a mãe tem o direito de abortar a vida, e a eutanásia já é aprovada em determinados países.

Mas o direito à vida, disposto no caput do artigo 5° da Carta Magna, quase sempre prevalece, especialmente sobre determinados cultos religiosos, prevalecendo o caput sobre seus incisos. O pedido judicial, feito mediante liminar, foi deferido pelo meritíssimo juiz de direito, a fim de que a transfusão de sangue fosse efetuada.

Como justiça tardia não é justiça, e de acordo com o que já é rotineiro em nosso judiciário, o despacho concessivo da ordem de transfusão demorou um pouco mais do que necessitava o direito à vida do religioso, que, a estas horas, já está nas mãos do criador, com todas as honras a ele dadas na outra vida, por não ter aceito o sangue de seu semelhante.

Dizem que ao chegar ao Pai Celestial, Este cumprimentou efusivamente o religioso por não admitir que lhe fosse feita a transfusão de sangue, e, para compensá-lo, perguntou o que desejava. A resposta dele foi imediata: Quero que se providencie uma justiça mais rápida no Brasil.

Velhos tempos, belos dias

Estive pensando porque, atualmente, os que fazem sucesso, quer nas artes, quer na música, compositores e cantores, no teatro e na televisão, são, quase todos, da minha idade ou próximos a ela.

Alguns nomes me vieram à cabeça, entre eles, Roberto Carlos, Caetano Veloso, Gilberto Gil, Bethânia, Gal Costa, Erasmo Carlos, Charles Aznavour, Carlos Lyra, Tony Bennet, Renata Sorrah, Susana Vieira, Tarcísio Meira, Glória Menezes, Fernanda Montenegro, novelistas como Manoel Carlos, diretores, como Daniel Filho, jogadores, como Pelé e muitos outros.

Será que os novos não conseguem encher o Maracanã, ou comover e trazer emoções tão fortes a ponto de deixar momentos marcados em nossas vidas?

O que terá acontecido, se as pessoas continuam nascendo com talentos fabulosos? Por que a atuação dos novos é tão passageira e daqueles que viveram a juventude dos anos 1960 continua sempre em vigor?

Creio que a distinção está na formação romântica que nos integrava naquele tempo, como se cursássemos juntos uma verdadeira universidade, na qual aprendíamos a amar de forma muito diferenciada da dos dias atuais.

Lembro que sábado era o dia de ir às reuniões dançantes, quase sempre na casa de uma das meninas da turma, mas antes tínhamos que tomar algumas cuba-libres no bar, a fim de lá chegar um pouco calibrados.

Então entrávamos, cumprimentávamos os pais e outros parentes e começávamos a conversar com os amigos, com as garotas do outro lado. Daí o dono da festa colocava o disco, ou long-play, e você tirava para dançar aquela com a qual sonhava namorar.

Dançava coladinho, e se desse para colar o rosto, era, então, a glória. A hora ia passando, Frank Sinatra saía da sala com *"Come Fly with Me"*, e entravam os Beatles, ou o twist, e começávamos a dançar mais afastados, lembrando daquele rosto colado.

Ninguém "ficava" com ninguém, e a garota que se deixasse beijar, passava a ser uma "galinha". Era necessário, antes de namorar, sonhar com quem você gostava, imaginar que ela queria ficar com você, e se ela não desse continuidade àquele início de relacionamento, você entrava na "fossa", ia para o bar com algum amigo beber e ouvir as músicas mais tristes, de preferência as de Lupicínio Rodrigues.

Quando você conseguia ganhar a menina, combinava um cinema, e lá acontecia o beijo inicial, o caminhar de mãos dadas, bem depois, a apresentação à família e a possibilidade, até mesmo, de entrar na sua casa em determinadas horas.

Isso tudo era embalado pela bossa nova, pelas músicas românticas, por cantores fantásticos, e por filmes maravilhosos em que o romantismo predominava. A marca de cada progresso no romance era fixada pelas músicas mais ouvidas e tocadas nas festinhas.

Lembro-me que, em Brasília, dançava-se aos sábados (sempre aos sábados), na boate de madeira do Iate (hoje parte administrativa), e o chão balançava com o som do iê iê iê, e do "quero que vá tudo para o inferno".

A namorada era desejada, não para viver uma relação sexual de imediato, mas como uma deusa que seria sua mulher "para sempre". Então vinha o respeito por ela, a vontade de pagar o melhor jantar para impressioná-la, de demonstrar aos pais que você seria o melhor genro, e todo o trabalho para concluir com um lindo casamento, que poderia dar certo depois ou não.

É claro que tinha desvantagens, normal a tudo que é bom, ou seja, não havia a experiência com a namorada, que também não queria, pois a ela interessava mais o romantismo. O homem, que tinha que ser considerado pelos amigos como "machão", frequentava constantemente certas "casas" para ter a experiência necessária.

Mas o que quero dizer com tudo isso é que os anos 1960 foram anos de romantismo, e que hoje, dificilmente o sentimento se repetirá.

É que Roberto Carlos, nessa linha, agindo da forma que se agia nos anos dourados, escrevia sobre os botões da blusa, sobre "emoções", Vinícius se inspirava para dizer em fantástica letra que "não há você sem mim e eu não existo sem você", e Chico conseguia fazer aquela valsa excepcional sobre o casal de mãos dadas andando pela praça.

Pelé fazia poesias no campo e tornava-se inesquecível. Como é possível hoje, na era da eletrônica, alguém ficar em frente ao computador o dia todo e escrever algo como "Imagine"?

A conclusão é a de que os talentos não se extinguiram, eles existem aos milhares por aí, mas o romantismo de uma época inocente e, ao mesmo tempo, linda, realmente acabou ou faz parte dos *velhos tempos, belos dias*.

Deus e a relação de emprego

Deus deve andar muito preocupado com as seitas religiosas que pregam em seu nome, mas que estão caracterizando o fiel como consumidor, e a fé como um produto, tendo a igreja como empregadora e o pregador, padre, sacerdote, pastor, bispo e semelhantes como empregados.

Segundo estatísticas recentes, cresceram, no Brasil, de forma acentuada, o número de reclamações trabalhistas contra as igrejas, os pedidos são mais expressivos contra a Igreja Universal do Reino de Deus e, em menor número, a Igreja Católica.

Não são novos esses tipos de processo. Lembro-me que, juntamente com o dr. Sobral Pinto, faz muitos anos, sustentei um caso do TST, interposto por um padre, no qual fui vencedor na tese de que seu patrão era Deus, ou seja, admitindo-se que há trabalho, que este é remunerado, e que o mesmo decorre de um produto, que é a fé, vendida pelo dízimo aos fiéis, quem o vende poderá ter uma certa subordinação, pessoalidade, obrigações, como, por exemplo, o celibato, horários rígidos, na outra ponta, o dono do negócio seria Deus, e o salário certamente será pago com sua entrada em seu reino.

Mas o que preocupa, na atualidade, com o número de Igrejas e seitas crescendo, multiplicando-se o valor pago pelos fiéis nos cultos, é uma atuação direta, quase que um verdadeiro marketing, em favor deste ou daquele culto.

Em São Paulo, existem milhares de pastores evangélicos, muitos, sindicalizados, formulando reivindicações, como registro de atividade em carteira de trabalho, gratificação natalina, férias, FGTS, além de piso salarial.

É mediante a capacidade, e mesmo agressividade, para atrair público, que o pastor, verdadeiro empreendedor da Igreja Universal do Reino de Deus, bem como os colporters (vendedores de artigos religiosos), angariam sucesso, explodindo o crescimento da Igreja, levando aos carentes o produto da fé.

Vejam o caso da Igreja Católica e seus padres cantores. Nada cobram diretamente, mas a vendagem dos discos, o trabalho despendido, a capacidade de encher o Maracanã de fiéis, certamente não depende de milagres, nem mesmo da fé, mas de um carisma encontrado em poucos santos, o que certamente deixa preocupado Nosso Senhor.

Imaginem se Deus fizesse uma aparição terça-feira, dia da Padroeira do Brasil, em um grande estádio, trazendo a seu lado Moisés com a Lei das Doze Tábuas nos braços, e, na mesma hora, o Padre Marcelo começasse a cantar o "Vira". Para quem olhariam os fiéis?

É preciso que o Estado e os tribunais apreciem com maior realidade essa relação pretensa de emprego que se forma paralelamente aos cultos.

A criação de sindicatos de pastores já é uma verdade. O valor do produto "fé", atualmente, ultrapassa qualquer outra grife de mercado.

É necessário que os tribunais brasileiros e o legislador deem ciência aos padres, pastores, bispos, cardeais e outros membros das Igrejas que nelas atuam considerando-se como empregados, que há uma composição de interesses distintos entre o sacerdócio e o contrato de trabalho.

Os padres, pastores e assemelhados devem ser esclarecidos de que não podem cumprir seus deveres com Deus mediante um contrato de trabalho, pois a relação de emprego, no caso, é paradoxal.

Poderá haver até mesmo uma relação estatutária com a Igreja, mediante a qual os que por ela trabalham recebem para suas necessidades essenciais, porém, falta uma legislação federal regulamentando a matéria, uma vez que transformar o pregador em empregado desvirtua os desígnios de Deus e enfraquece a fé dos homens.

Na verdade, não existe contrato de trabalho entre um pastor e sua Igreja, pois, apesar da atividade intelectual e física, o traço de união que os une é a fé religiosa, decorrente da vocação, sem a conotação material que envolve o trabalhador comum.

Existem, é certo, possibilidades de que o pastor trabalhe para a Igreja mediante relação de emprego, quando, por exemplo, der aulas em seus estabelecimentos, ou se for contratado com atividades paralelas, mas não vinculadas diretamente à fé.

Creio, assim, que é mais do que necessária a regulamentação federal, trabalhista e eclesiástica, no que concerne às atividades dos que prestam serviços às Igrejas, sob pena de termos milhares de reclamações, com decisões conflitantes em todo o país, conforme o culto e de acordo com o trabalho exercido pelo reclamante.

Há pastores que recebem automóvel, casas, despesas com viagens, verba mensal para si e para sua família, e que, no entanto, tudo recebem no sentido de angariar almas para sua Igreja, e o fazem por amor e devoção à fé que se dedicam e não como se empregados fossem.

Que Deus abençoe a todos, e especialmente àqueles que dedicam suas vidas a levar esperanças e conforto aos mais necessitados, mas que seja feita a distinção necessária entre os que atuam em favor das religiões e os que as usam como se empregados fossem, para, posteriormente, exigir direitos trabalhistas, descaracterizando missão tão sublime.

As origens do Natal

No Natal comemora-se o nascimento de Jesus, vindo à Terra, conforme o Novo Testamento, para nos salvar.

É interessante ter uma noção das razões pelas quais Deus enviou ao nosso planeta um filho para salvar a humanidade que ele próprio criou, pois, em princípio, parece-me um tanto paradoxal. Creio ser necessário apreciar essa necessária salvação desde que tudo se iniciou, os primórdios se encontram no Antigo Testamento, no primeiro livro do Pentateuco, "Gênesis".

Inicialmente, deve se esclarecer que Adão e Eva não foram os primeiros seres humanos (macho e fêmea) a serem criados na Terra. Não. De acordo com o item 26 do Livro dos Gênesis: "E criou Deus o homem à sua imagem: fê-lo à imagem de Deus e criou-os macho e fêmea."

Ora, Deus, para seu prazer, depois de criar as coisas principais, resolveu fazer também um jardim delicioso, com árvores e frutos saborosos e, no meio deste paraíso, a árvore da vida. Inclusive havia ali três rios, Fison, Geon e Tigre, o qual corria para a banda dos Assírios (homens já existentes).

Aí sim, Deus colocou no paraíso um homem, que seria propriamente seu jardineiro, a quem chamou Adão, o qual não deveria comer dos frutos da árvore da ciência do bem e do mal. De sua costela fez alguém semelhante, para que ele não ficasse sozinho, e Adão chamou-a, a mulher do paraíso, de Eva, na época Virago, porque do varão foi feita.

Como todos sabem, Eva comeu do fruto proibido, tendo Adão também comido, influenciados pela cobra, e logo depois repararam que estavam nus e ficaram envergonhados, daí o nascimento do pecado universal, a expulsão dos dois do paraíso, a determinação que a cobra só andasse rastejando e comendo pó e uma orientação para que mordesse o calcanhar das mulheres (tudo isso está na Bíblia).

Pois bem, este é o pecado pelo qual, milhares de anos depois, o Senhor enviou seu filho, Jesus, para aqui sofrer e nos purificar, e o nascimento de Jesus é festejado na data natalícia porque veio para nos salvar.

É difícil, muito difícil mesmo, saber por que Deus, onipotente, Ser Supremo e bondoso, colocou no paraíso uma árvore com frutos para não serem comidos, uma cobra safada para tentar dois seres que ele próprio criou, e incutir nos dois a vontade de comer a maçã oferecida.

Aliás, não compreendo até hoje a razão de o mundo inteiro ser habitado por pecadores, somente porque aqueles dois, milhares e milhares de anos atrás, morderam uma simples maçã. Mas vamos ao nascimento de Jesus, já no Novo Testamento, o qual teria vindo para nos salvar.

O nascimento de Jesus encontra-se historiado no Evangelho segundo são Mateus e no Evangelho segundo são Lucas, sendo que o mais minucioso é aquele narrado segundo são Mateus.

Diz o Evangelho que Jesus nasceu em Belém de Judá, na época do rei Herodes, quando então vieram a Jerusalém uns magos do Oriente (os três Reis Magos). Esses reis, que não sabemos de quais reinados, perguntaram para Herodes – logo para Herodes – onde estaria a criança que comandaria o povo de Israel. Sem resposta, seguiram uma estrela e ao encontrar Jesus (vulgo Emanuel), deram-lhe de presente ouro, incenso e mirra, presentes certamente não muito próprios para um recém-nascido.

Em razão de saber do nascimento de Jesus, Herodes,

rei de Jerusalém, não encontrando os três Reis Magos, que sumiram do mapa, mandou matar todas as criancinhas da cidade, mas Deus, em vez de evitar essa matança, avisou José, que fugiu com seu filho para o Egito, ou seja, o nascimento de Jesus provocou a morte de milhares de inocentes criancinhas, e depois, quando cresceu, deixou que o assassinassem na cruz, talvez até, não sei, por arrependimento.

A narração acima é a que consta na Bíblia, por causa disso não me sinto confortável para adorar Jesus no Natal, pois não considero ter nascido com pecado só porque Adão mordeu uma maçã, não precisando ninguém vir me salvar, e, mais do que isso, não vejo com bons olhos o fato de que, com o nascimento de Jesus, tinham de morrer todas as demais crianças de Jerusalém. Isto não é alegre, e sim, ao contrário, muito triste.

Por essas razões é que considero que o Natal realmente é uma data importante, mas para os comerciantes que vendem presentes, e também para mim, pois é o único dia que como peru lá em casa.

O problema é a economia?

Já tive oportunidade de repetir que dizem ter sido Cristóvão Colombo o primeiro economista do mundo, pois saía para navegar, sem saber para onde, e sempre com dinheiro do governo.

Deixando, porém, a brincadeira de lado, esse negócio de economia é por demais complexo.

O excesso de consumo, por exemplo, tem seus custos, pois a liberdade de dirigir um carro pode terminar, e termina com muita frequência, na liberdade de participar de um engarrafamento de trânsito, ou as delícias do turismo diminuem quando todos que você encontra são também turistas.

E entramos, economicamente, na era do paradoxo, na qual o desemprego é uma realidade decorrente do aumento da produção desenfreada aliada à nova tecnologia. O lucro decorre do consumidor, e este é o próprio trabalhador que deixa de sê-lo, por não ter emprego.

E, no meio dessa crise econômica em que vivemos, li uma história, sem autor, que ora adapto para demonstrar como toda solução econômica pode ser uma farsa.

Em uma cidade pequena, do interior, chega a seu único hotel um homem muito rico e pede um quarto, adiantando ao proprietário, de imediato, uma nota de cem reais.

O dono do hotel corre e vai pagar cem reais, que era sua dívida no mercado, sendo que o proprietário do mercado quita com a mesma nota o fornecedor de carne.

Este, de imediato, vai procurar uma prostituta, que com ele dormiu na noite anterior, e paga a ela cem reais que ficou devendo.

A prostituta, sem perder tempo, vai ao hotel e paga ao proprietário os cem reais devidos na noite anterior, pelo quarto alugado.

Nesse meio-tempo, o homem rico, que desejava ficar uma noite no hotel, desiste de sua pretensão e pega a nota de cem reais de volta.

Ora, em uma cidade em que todos deviam, todos pagaram seus débitos, a cidade retornou ao seu dia a dia sem dívidas e nenhum tostão foi gasto por ninguém.

Isto, economicamente, como se explica?

Talvez seja o momento de se dar maior ênfase à valorização do homem, como integrante de uma sociedade mais justa, deixando o governo de atuar em favor de um capitalismo de resultados, em que a economia prevalece sobre o social.

É que a globalização decorrente do avanço tecnológico tem gerado um desequilíbrio no mercado de trabalho e uma crise de desemprego mundial.

A abertura internacional dos mercados faz com que países com superpopulação, que carecem de consumo interno, produzam por preço inferior, sendo invadidos pelas nações mais poderosas com seus produtos e, em consequência, vendo quebradas suas indústrias, gerando mais desemprego.

É necessário dar um basta à predominância da economia, dos economistas, e fazer uso de suas teses, mas sempre tendo em vista não o crescimento econômico do país, e, sim, seu crescimento social.

Jornal

Abro o jornal pela manhã e leio uma nova falcatrua no Senado Federal. Vai demorar mais alguns dias até que apareça um sucedâneo na Câmara dos Deputados, ou um escândalo descoberto pela Polícia Federal com a consequente prisão de vinte ou trinta figurões que serão soltos, normalmente, no prazo de 24 a 48 horas, alguns deles pelo Supremo Tribunal Federal, o que amplia o noticiário nos próximos dias.

Na seção de esportes leio o que já vi à noite. As edições de domingo chegam rapidamente no sábado, certamente com notícias não muito frescas.

Assim, na atualidade, o jornal é um veículo por meio do qual a imprensa nos informa tudo sobre o que tivemos conhecimento ontem, pela televisão.

Realmente, o jornal já teve sua fase áurea como o principal condutor das últimas notícias, pois saía diariamente com o que, antes da era globalizada, poderíamos entender como informações atualíssimas.

Hoje, porém, o jornal repete notícias já sabidas, suja nossas mãos que costumam segurá-lo junto com o pão, no café da manhã, amassa se houver qualquer vento ao lê-lo ao ar livre e, com aquele tamanho idiota, exige que a leitura seja feita com ele dobrado.

No avião, como quase sempre os voos estão lotados, abre-se o jornal até a metade, com a sensação de estar espremido e com vergonha de encostar em quem viaja a seu lado.

Parece-me que, efetivamente, deve haver uma reforma imediata nos jornais, porque, desde que me conheço, e me conheço faz anos, nada mudou, nem mesmo as notícias de primeira página sobre as falcatruas no Senado.

É certo que o jornal serve para quando a gente está sentado e quer se esconder para não cumprimentar alguém, mas, mesmo assim, fica difícil e ridículo o artifício, pois quase sempre esse alguém reconhece a tentativa, bate em seu braço e pergunta: – Quais são as novas?

Os jornais também são muito usados para fazer com que o cachorro aprenda a "fazer xixi" em cima dele, o que nunca dá certo, pois basta coloca-lo em um determinado lugar e o cão faz suas necessidades justamente ao lado.

Existe, entretanto, uma função de alta relevância política do jornal, e a ele devemos, em muito, a manutenção de nossa democracia. É que todas as vezes que o noticiário ataca um político de expressão, e demonstra um pouco de suas vísceras, a Justiça determina seu fechamento, ou a proibição da publicação de tais fatos.

Em decorrência, há o recurso, e o tribunal, imediatamente, em nome da democracia, afirma que a imprensa é livre, liberando as publicações.

Em consequência dessas proibições, são entrevistados três ou quatro juristas que falam sobre a diferença entre a ditadura e o regime em que vivemos, cronistas alardeiam o retorno da linha dura e pedem a prisão do juiz suspeito e, como num passe de mágica, a liberdade volta e respiramos novamente os ares de um país desenvolvido politicamente.

Há, porém, exceções. Existem jornais que trazem informativos bastante atuais e crônicas das melhores. Infelizmente não tenho o nome deles para indicar aos leitores.

Os marcianos e o cocô de cachorro

É de conhecimento geral e fato incontestável que todos os seres, quer racionais, quer irracionais, fazem cocô.

As chamadas fezes, ou excrementos, são materiais restantes após a digestão e absorção dos alimentos pelo tubo digestivo dos animais, a origem de seu nome vem do latim e significa resíduo.

Feito esse introito, vejamos a história da qual tive conhecimento e resolvo agora contar:

Trata-se de um conto sobre o cocô dos cachorros acompanhados de seus donos, os quais também fazem cocô, embora não os faça nunca nas calças.

O interessante, porém, é que essa história aconteceu na França, onde há o maior número de cachorros por habitante, tendo esses animais direitos não existentes em outros países, como, por exemplo, o de ingressar nos melhores restaurantes, sentar com seus donos à mesa e, até mesmo, serem servidos com as melhores especiarias.

É tão impressionante o cartaz dos cachorros na França que uma das mais lindas mulheres do mundo, quando deixou sua fase áurea e entrou na terceira idade, passou a defender e amar somente os animais, especialmente os cachorros.

Mas, deixando Brigitte Bardot de lado, cujo busto (busto, mesmo, e não os peitos) encontra-se até hoje na praia de Búzios, perpetuando sua memória, vamos falar de assunto mais sério, ou seja, de cocô de cachorro.

Mas por que mais sério? Devo esclarecer aos leitores que o que vou contar realmente aconteceu, embora trate-se de assunto que muitos não gostam nem de pensar, pois refere-se à vida em outro planeta.

Certa noite, na Cidade Luz, dois marcianos, disfarçados de travestis, pois pensaram que as pessoas na Terra eram iguais às que viram no Bois de Boulogne – homens vestidos de mulher conversando com motoristas à noite – notaram, às 19h30 do dia 27 de março de 2016, alguns cachorros caminhando com seus donos, que os seguiam recolhendo seus cocôs em saquinhos.

Os cachorros caminhavam ou corriam, e, quando faziam cocô, seus donos rapidamente retiravam uma pequena pá de seus bolsos, juntamente com um saquinho, o qual enchiam e limpavam as ruas de Paris.

Enquanto os donos seguiam seus cachorros com a nobre função dupla de levá-los a um passeio e deixar a cidade limpa, os marcianos retornaram à sua nave, atormentados, enviando de imediato um e-mail para seus governantes.

Disseram, então, na correspondência: "Informamos que na Terra existem seres dominantes, de quatro patas, falando uma língua latida – não sabemos se é a original chamada 'latim' –, sempre acompanhados por animais, que andam em duas patas, cuja linguagem não é reconhecida pelos seres dominantes, pois a eles não respondem.

"Os terrestres puxam os dominantes pela mão, fazendo com que às vezes corram, às vezes caminhem e sempre aguardem quando querem fazer alguma necessidade, sendo obedecidos sem qualquer contestação.

"O interessante, porém, é que, como escravos, esses servos, animais de estimação de duas patas, têm como função principal a de limpar os excrementos dos seres dominantes, que não usam banheiros, como nós marcianos, mas evacuam na própria rua, tendo empregados para limpar suas fezes.

"Entendemos que, antes de qualquer invasão à Terra, devemos estudar a língua desses seres de quatro patas, a fim de sabermos mais sobre sua evolução e meios de defesa."

A madame e o cachorro. Tudo normal

Entro na loja Hermès, Madison, em Nova York, acompanhando minha mulher nas compras.

Caminhando no interior da mansão, vejo uma senhora, certamente já bem avançada na idade, levando um carrinho de bebê.

Pensei de imediato: será seu neto ou bisneto? E, como quem está mesmo sem nada para fazer fui olhar a criança dentro do carrinho. Acontece, porém, que o inacreditável se apresentou, pois aquele bebê era um cachorro, provavelmente um *terrier*, branco, com os pelos bem cuidados, o qual me olhou com uma certa indiferença, como que criticando a minha figura, um pouco desleixada naquele cenário em que todos são ou fingem ser ricos, inclusive os vendedores, e como se isso fosse realmente importante.

A velha senhora, então, encostou o carrinho em frente a um dos espelhos que adornavam as pilastras da loja e iniciou uma sessão de ginástica, com alongamentos e, pasmem, com aquela roupinha apertada em seu corpo esguio de mais de oitenta anos, passou a conversar com o cachorro, como se conversasse com um filho.

Ninguém na loja estranhou a atitude da madame, todos, vendedores e clientes, fingiam que nada acontecia de diferente. Acho que é chique fingir que está tudo bem, mesmo frente a uma loucura, mas eu, ainda um pouco provinciano, arranjei um jeito de passar com meu iphone, disfarçando a máquina fotográfica, e consegui uma foto daquela cena.

O fato é que a imaginação vai longe, e meus pensamentos foram para aquela velha senhora chegando em casa, levando seu cachorro para o quarto, deitando-se com ele, em sua linda caminha branca, onde ficou aguardando que o mordomo o carregasse até a mesa para degustar seu patê, bebendo um cálice, devidamente adaptado, de um dos melhores Barollo de sua adega.

Recentemente havia lido uma reportagem sobre milionários que deixam fortunas para seus cachorros, em detrimento de parentes mais afastados, e até mesmo de filhos.

Essa situação, como outras narradas na reportagem, possibilita-nos pensar sobre o que está havendo de errado com os relacionamentos. Como as pessoas estão ficando tão sós? Talvez a eletrônica, talvez o mundo virtual, talvez a falta de tempo que transforma os sentimentos em atos praticados nos computadores... O que era comunicação pessoal transformou-se em comunicação através das máquinas. Atualmente, nos sanatórios do Japão, está sendo usado um bebê robô para que as idosas cuidem dele como se fosse um filho, ele chora, pisca os olhos, tem dor de barriga e abraça, fazendo carinhos especiais.

A solidão, em um mundo que todos conhecem tudo rapidamente, mas não têm condições de conhecer a si mesmos nem aos outros, faz com que as pessoas, especialmente as mais velhas, queiram ter ao lado um verdadeiro amigo, que não as conteste, que não saiba mais do que elas, e que aceite-as com todos os seus defeitos, demonstrando um afeto que não é mais encontrado no ser humano, daí a ligação amorosa da velha dama com seu cachorro de estimação.

Ao mesmo tempo, liguei a televisão, no intervalo de um dos jogos da Copa do Mundo, passava um documentário sobre milhares de crianças, em cidades próximas ao grande evento, que morriam de fome a menos de 24 horas de viagem de qualquer país.

Lembrei-me dos vendedores e dos compradores da Hermès, que fingem que não veem a tremenda solidão da velhinha, como também pouco se importam com as crianças morrendo de fome, com os padres que abusam de criancinhas, com os criminosos que são soltos por falta de cadeias, com as pessoas que estão injustamente presas, com os corruptos, muitas vezes considerados heróis, e fiquei atônito, perguntando a mim mesmo – o que é normal hoje em dia? A solidão da velhinha, sua conversa com o cachorro, ou o ser humano que passa por cima de tudo isso?

Voltando à loja perguntei: – Quanto custa a bolsa?

– Dez mil dólares – respondeu-me a vendedora.

É... normal.

Julgamento por computador?

Nessa época da computação, temos visto avanços fantásticos, mas poucos na Justiça, que sempre foi uma das estruturas que procurou manter a tradição e o formalismo de seu passado, como se o direito fosse um caminhar rígido em meio a um mundo que se altera, de forma global, momento a momento.

Essa tentativa de não mudar o que já foi alterado lembra o futebol e a atuação de seus juízes.

Hoje é possível ver, em lances diretamente filmados para o mundo todo, quando um jogador põe a mão na bola dentro da área, criando oportunidade para marcar o gol. Do campo, o juiz não tem a mesma visão. O telespectador pode ver a partir de um ângulo do qual ele não tem acesso, por isso não apita e considera o gol lícito. Essa situação deveria mudar.

Vejam que no tênis, quando o árbitro decide sobre ter a bola caído fora ou dentro da quadra, qualquer jogador pode pedir a comprovação por meio de um filme que evidencia o caminho percorrido pela bola, admitindo o juiz a verdade filmada.

No futebol já poderíamos ter, com aqueles telões ligados ao campo, repetições de jogada, a pedido do capitão de cada time, para que o juiz apitasse sobre lances duvidosos.

Mas vamos voltar ao direito, e, mais ainda, aos julgamentos pelos magistrados e a possibilidade do uso de computadores em determinadas decisões. Assim, seriam reduzidos gastos e os processos seriam acelerados. Teríamos decisões imparciais, deixando para os magistrados apenas as questões de direito, que exigem um trabalho de alguém que efetivamente conheça com profundidade o ofício.

Seriam necessários, para os julgamentos, programas criados por magistrados com o mais alto conhecimento sobre doutrina e jurisprudência juntamente com técnicos em computação a fim de que possam corresponder as diversas situações.

Os que trabalham com o direito sabem que há diversas matérias para debates, questões novas, direitos que possibilitam interpretações diversas e causas da maior complexidade, todas dependentes da sabedoria, do conhecimento, da experiência e da vivência do magistrado.

No dia a dia, vemos, porém, questões que envolvem teses repetidas, baseadas em artigos idênticos, fundamentadas da mesma forma, nas quais o magistrado perde seu precioso tempo para, finalmente, concluir da mesma forma que em centenas de processos iguais.

Parece-me que no futuro, nessas hipóteses de julgados, será possível elaborar um programa em que o computador possa, de forma concreta e sem erros, frente à doutrina, à jurisprudência e às normas de direito ali inseridas, decidir sobre a tese, decisão da qual não caberia recurso, a não ser por erro material do próprio programa ou do computador.

Exemplificando, na execução o juiz deve homologar os cálculos, mas por que perder tempo verificando se os cálculos estão corretos, se um computador, com um programa que lhe forneça todos os dados jurídicos e matemáticos, poderá fazer tais cálculos sem erros, possibilitando ao magistrado que use seu tempo em questões de maior relevância?

Em vez de um magistrado perder tempo verificando pressupostos extrínsecos de um recurso, não será mais fácil e mais preciso que um programa de computador verifique a existência regular do mandato, prazos, pagamento de custas e depósitos?

Creio mesmo que, em nível de decisão judicial, talvez ainda tenhamos muito a percorrer, pois, como se diz em direito, cada caso é um caso e cada um tem suas peculiaridades, embora saibamos que na prática não é assim, mas certamente os Juízes em breve poderão se utilizar de programas inseridos em seus computadores para facilitar, em muito, as decisões que vão proferir.

Se não for possível ao computador decidir, os programas poderão demonstrar aos magistrados as estatísticas, favoráveis ou não, a cada uma das partes.

Poderão também trazer, sobre cada matéria mais conhecida, toda a jurisprudência atual dos diversos tribunais, a doutrina sobre aquela matéria, bem como uma opinião sobre a vertente a ser tomada, quando, certamente, "demitirão" muitos assistentes, reduzindo os custos dos tribunais.

Nos próprios escritórios de advocacia, atualmente, com os processos já inseridos em programas na sua integralidade, os serviços de arquivo estão sendo dispensados, e a tendência é que os arquivistas antigos procurem se atualizar em outras funções, pois este é um serviço que, em pouco tempo, cairá em desuso.

A verdade, porém, é que o magistrado, assim como o advogado, jamais poderá ser substituído, nem em futuro distante, porque, por mais que as máquinas possam vir a aperfeiçoar seus trabalhos, a justiça é nata ao ser humano, e só ele, com sua vivência e seu coração, poderá decidir sobre o direito.

Ficha limpa

Esse negócio de "ficha limpa" e "ficha suja" tem certamente a finalidade de educar à força, e é com esse tipo de educação que a mentalidade dos eleitores e dos eleitos poderá mudar.

Esta nova lei lembra-me a das cotas para ingressar nas universidades, forçando-se a reduzir a discriminação que, por si só, não deveria existir. Não deveria ser possível, no século XXI, haver ainda movimentos racistas, e, no entanto, sabemos que eles existem, e que só uma lei forçará a normalizar o que já deveria ser normal.

Da mesma forma, não deveria haver exame da Ordem dos Advogados do Brasil para advogados já formados, pois se obtiveram o grau de bacharel, certamente o fizeram em faculdades que garantem seus cursos.

Acontece que não é assim na prática. É flagrante que existam centenas de faculdades formando advogados que desconhecem totalmente a matéria, e que eles obtêm o diploma mediante pagamento e tempo necessário ao cumprimento das normas curriculares.

Assim, o exame da Ordem se faz necessário a fim de limitar a prática da advocacia para os advogados que efetivamente conhecem o direito, o que é um paradoxo.

Então, e já com atraso, entra em vigor a Lei dos "ficha limpa", graças à iniciativa popular, pois ela não seria apresentada pelos próprios interessados, que são os congressistas.

Esta lei exige que para se candidatar, a pessoa não tenha sido condenada por decisão colegiada, garantindo ao interessado, mesmo se condenado em primeiro grau, ser absolvido pelo órgão superior da Justiça, ou, ainda, mesmo que julgado diretamente pelo tribunal, a decisão condenatória seja prolatada por mais de um magistrado.

Certamente essa lei, até que seja adaptada à jurisprudência do país, sofrerá com interpretações judiciais as mais diversas, mas, de qualquer forma, foi uma vitória do povo brasileiro, e está em vigor.

Como nos exemplos anteriores, trata-se de mais uma lei necessária para que o candidato se apresente aos eleitores como de fato é, e não como se mostra na propaganda eleitoral. Lei que não precisaria existir caso os candidatos fossem, como deveriam ser, pessoas com moral elevada para representar seus eleitores.

Dentre as fábulas de Esopo, há uma que evidencia bem a situação, que é a do *Cão e a lebre*.

"Uma lebre brincava alegremente num campo quando, de súbito, veio um cão pulando em sua direção. A lebre soltou um grito de terror, julgando que ele a mataria. O grande cão deixou-a acuada com seus enormes dentes. Para surpresa da lebre, porém, o cão não a mordeu, em vez disso, parou de rosnar e chamou-a para brincar com ele.

– De forma alguma – disparou a lebre. – Eu nem sonharia em fazê-lo.

– Por que não? – perguntou o cão desapontado.

– Porque não sei o que pensar de você – replicou a lebre. – Se você é meu amigo, por que tentou me morder, e se é meu inimigo, por que deseja brincar comigo?"

Moral: gostamos que as pessoas se mostrem a nós tal como de fato são.

Raciocínio mental é substituído por raciocínio eletrônico

Leio em revista especializada a seguinte nota jurídica:

"Primeiro processo eletrônico do TJSP é julgado em menos de uma hora.

"O ministro do Superior Tribunal de Justiça Napoleão Maia Filho, da quinta turma, foi o primeiro magistrado a decidir um processo remetido eletronicamente pelo Tribunal de Justiça de São Paulo. Da chegada do recurso, nesta sexta-feira (13), até a decisão despachada virtualmente, transcorreu menos de uma hora.

"A decisão do ministro relator deu provimento a um agravo de instrumento, o que autoriza a remessa do recurso especial ao STJ para futura análise. O recurso discute crimes de trânsito.

"O agravo julgado faz parte da primeira remessa de processos digitalizados oriundos do TJSP, e marca a adesão do tribunal paulista ao programa Justiça na Era Virtual. A cerimônia de remessa contou com as presenças do presidente do STJ, ministro Cesar Asfor Rocha e do Presidente do TJSP, desembargador Antonio Carlos Viana Santos.

"Com a nova adesão, 31 dos 32 tribunais de segundo grau do país estão integrados ao e-STJ. Apenas o Tribunal de Justiça de Minas Gerais ainda não aderiu à remessa eletrônica."

Essa é uma daquelas notas que, ao mesmo tempo, traz uma notícia boa e uma notícia ruim, como aquela do médico que diz ao paciente:

— Tenho duas notícias, uma boa e uma ruim. A boa é que você vai viver mais 24 horas.

— E a ruim, doutor?

— É que eu peguei seu exame no laboratório ontem, mas só agora consegui vir ao hospital lhe trazer a notícia.

Qual a notícia boa na nota acima sobre o julgamento eletrônico do Superior Tribunal de Justiça?

É que vemos a justiça dos estados integrando-se eletronicamente com o Superior Tribunal de Justiça, sendo que os processos entre os tribunais passam a correr virtualmente, com a remessa sem custos de papel, de correio, e com a possibilidade de enorme economia de tempo, de dinheiro e ampla possibilidade de as partes terem em mãos, via computador, o conhecimento virtual de tudo que se discute no processo, de forma célere, sem perdas de maiores prazos.

Trata-se da substituição do insumo papel pelo insumo eletricidade. Certamente esse será o futuro da justiça, uma justiça de tramitação célere, em que processos que ficam estagnados nos protocolos dos tribunais, às vezes por anos, sigam diretamente, sem perda de nenhum dia, para o protocolo, distribuição e gabinete dos relatores, o que evidencia um grande avanço para o Poder Judiciário, e, consequentemente, para as partes, objetivando solucionar seus conflitos.

Mas qual, então, a notícia ruim que pode decorrer daquela nota jurídica? A notícia ruim, a meu ver, é quando diz que o insigne relator julgou o processo em menos de uma hora.

Sinceramente, o avanço que a eletrônica está concedendo aos tribunais é procedimental, é uma celeridade de procedimentos, é a troca do papel pela eletricidade, como dito acima, mas não, com todas as vênias, a troca do raciocínio pela celeridade mental, a substituição da mente real pela virtual.

A demora dos julgamentos, na justiça como um todo,

com exceções, não depende dos magistrados que estudam os processos por quanto tempo for necessário – e assim tem de ser –, a demora decorre do volume enorme de recursos existentes, além do atraso com a burocracia dos papéis, remessas e delongas em consequência dos procedimentos antigos ainda usados e que estão sendo substituídos pelo avanço eletrônico.

Não se deve, porém, confundir as coisas, e começar a entender que também as cabeças pensantes estão, a partir da reforma eletrônica, aceleradas virtualmente.

Deus me livre de pensar que os magistrados, a partir dessa reforma virtual, entendam que eles também têm de acelerar seus julgamentos em suas mentes.

Vale a pena viver muito?

Cada dia a medicina amplia a vida dos idosos e os afasta da morte, fazendo com que tenham melhor qualidade de vida.

Será isto um bem? Será a vida eterna o ideal? Dizem que no futuro próximo todos vão viver, no mínimo, cem anos, e que a velhice se iniciará aos 85.

As estatísticas demonstram que, em dez anos, existirão mais velhos do que jovens no país, e eu aqui fico pensando se vale a pena mesmo envelhecer demais.

Lembro de um livro do saudoso Saramago, no qual ele conta a história de uma cidade em que ninguém morria. As pessoas ficavam velhas, cansadas, doentes, querendo morrer, pois só com morte descansariam, mas não havia jeito, ninguém morria.

Os parentes, então, levavam seus doentes para a cidade fronteiriça a fim de que lá pudessem morrer em paz.

Na verdade, ninguém quer morrer, e a vida, pelo menos a minha, é muito boa. Acontece que ela é ótima enquanto se vive com saúde, podendo usufrui-la, o que talvez não aconteça com as pessoas que chegam a uma idade avançada em razão dos remédios, sem poder desfrutá-la, porque sua vida não lhes proporciona mais nenhum prazer.

Um pouco da minha dúvida, entretanto, foi esclarecida lendo uma antiga crônica de Josué Montelo, quando cita um trecho do livro do baiano Xavier Marques, *A Cidade Encantada*, sobre a vida do homem:

"Diz o mestre baiano que Deus, quando nos criou, limitou-nos a existência em trinta anos.

"Criou o burro, com o destino de servir ao homem, e fixou-lhe a vida em meio século; porém o burro, considerando as pancadas que iria receber e as cargas que teria de carregar, rejeitou vinte anos; trinta lhe bastavam, pois não queria viver mais vinte levando porrada, sendo chamado de burro e carregando quilos e mais quilos nas costas.

"Criou Deus, em seguida, o cão, e deu-lhe o prazo final de trinta anos. Mas este amigo do homem, levando em conta a coleira, a corrente, os pontapés que receberia, se contentou com dez. Imagina você ficar trinta anos submisso, querendo falar mais saindo apenas latido, sendo ensinado a deitar, dar a patinha e ficar sentado. Trinta mesmo seria demais.

"Por fim, o Criador Supremo fez o macaco, a quem atribuiu meio século de vida. Mas o macaco, considerando que iria apenas imitar o homem, fazer-lhe macaquices, todo curvo, servindo à zombaria humana, também rejeitou vinte anos.

"Logo o homem, com ar manhoso, pediu a Deus que lhe desse os vinte anos que o burro não quisera, os vinte que o cão enjeitara e os outros vinte que o macaco recusara.

"E Deus, compreensivo:

"São teus. Viverás, assim, noventa anos, mas com esta condição: até os trinta, terás a vida desafogada e livre; dos trinta aos cinquenta, viverás como o burro, carregando a carga da família, trabalhando sem descansar; dos cinquenta aos setenta, terás a responsabilidade de vigiar a casa e a família, como o cão; dos setenta aos noventa, caber-te-á a vida do macaco, curvo, fazendo os outros rir."

Este é o meu atual dilema: será que vale mesmo a pena chegar, por exemplo, aos cem anos? Qual o bicho que eu seria semelhante após os noventa?

Penso que é necessário, acompanhando a medicina que, paralelamente à evolução geriátrica, viabiliza um número de anos bem mais elevado para a população, haja também um trabalho estético, fisioterápico, acompanhado de um tratamento psicanalítico, a fim de que os que alcançarem a longevidade almejada não queiram, como no livro de Saramago, deixar sua cidade (o tratamento geriátrico) para serem enterrados com dignidade.

Hospitais – ontem e hoje

Conta-se que o hospital foi inventado pelos romanos, centenas de anos antes de Cristo. Como não tinham meios para tratar seus escravos, velhos e doentes, ergueram um templo dedicado a Esculápio, deus da medicina, e lá colocavam os doentes, aos cuidados de tal deus.

Na verdade, naquela época, os médicos eram curandeiros, a maioria vinculada à nobreza, sendo que os remédios, feitos de ervas medicinais, eram usados pela casta superior. Os escravos e os homens comuns tinham como remédio a sangria, que não era o vinho que conhecemos em festas populares, mas o sangue mesmo dos pacientes, os quais, certamente, não morriam do mal que os afligia, mas de hemorragia.

De lá para cá mudaram pouco os hospitais que tratam dos menos favorecidos, hospitais públicos.

Os doentes são tratados por médicos e auxiliados por enfermeiros, mas, infelizmente, continuam morrendo, não de sangria, mas pelo desvio de verbas da saúde pública, o que não deixa de ser uma sangria no bolso do cidadão que paga impostos.

Ao procurar o hospital para uma consulta, o paciente tem de preencher um enorme formulário, esteja ou não com dores ou febre. Terminada a tarefa, e se tiver sorte e prestígio, terá marcada uma entrevista com o médico para dois ou três meses após o pedido.

Se precisar de um remédio deverá esperar até a data da consulta marcada. No caso de emergência, o hospital esclarecerá ao paciente que não tem o remédio. Ele precisará, então, procurar a defensoria pública, que entrará com uma ação contra o Estado e, se o juiz for humano e célere, duas condições necessárias na hipótese, emitirá uma liminar para que o Estado pague o remédio em instituição particular a fim de que o paciente continue vivendo.

Após dois meses o paciente será atendido naquela consulta requerida, mas acontece que, passado tanto tempo, ou ele já se curou e não aparecerá, ou estará morrendo e precisará ser internado em uma UTI.

Daí, então, surge o problema: os hospitais públicos não têm vagas em suas UTIs, quer em razão de poucos leitos, quer porque são muitos os doentes que necessitam de internamento.

O doente fica, então, deitado em uma maca no corredor do hospital, bem perto da UTI, com a promessa de que, vagando um leito, após a cura ou a morte de alguém, ele será seu.

O fato, porém, é que o tempo vai passando e aquele doente, no corredor do hospital, sentindo-se como se estivesse no corredor da morte de alguma prisão, vai vendo seu fim se aproximar.

Os familiares reclamam, os jornais dão notícias, mas o paciente do corredor morre, sem conseguir entrar na UTI. Esse, na verdade, não se trata de um caso específico, o noticiário nos informa que o acontecimento se repete quase todos os dias da semana.

E lá vai a família, carregando seu morto, preencher um cadastro e tentar obter um lugar para o defunto no cemitério, esperando não ter de entrar com qualquer medida judicial nesse sentido.

Vejam bem, o que está acontecendo com todos os impostos que o Estado arrecada! É um retrocesso e um enorme descaso com a vida humana, talvez porque, grande parte da sociedade já se acostumou a esse tipo de tratamento.

É uma vergonha que tenhamos de viver dessa forma, vendo os outros morrerem pelo desvio de verbas existentes. É uma vergonha que não se faça nada.

Creio que o deus Esculápio hoje é confundido com "Esculacho."

A velhice não é numérica

Carlos, que estava sempre no auge dos programas, repentinamente começou a ficar triste, deprimido, não queria mais sair, viajar, curtir as mulheres, com o tempo, porém, foi chegando à conclusão de que não era um problema dele, de sua idade, mas da própria sociedade, como se ela não aceitasse a idade avançada e a possibilidade de ter a mesma vontade de viver que tinha quando jovem.

É que tantos foram os cuidados legais e regulamentares em razão de sua idade, que teve a impressão de que realmente precisava deles.

Por exemplo, quando, na sala de espera do aeroporto, lhe davam lugar na fila para que entrasse primeiro no avião, embora todos os lugares já estivessem reservados. No ônibus que leva os passageiros do avião ao aeroporto, um senhor, não tão jovem, cedeu-lhe a cadeira, como se ele não pudesse ficar os cinco minutos do caminho de pé. Chegando ao banco, há uma fila especial para ele, sem ninguém, e o mesmo acontece no cinema. Já no shopping, não querem lhe cobrar o estacionamento, cujo carro, aliás, tem uma vaga especial no pátio.

Em vez de ficar agradecido, Carlos teve a sensação exata de que a sociedade não queria mais que ele tivesse saúde, e pensou: tenho 74 anos, trabalho mais de oito horas por dia, em negócio próprio, no qual tive o maior sucesso; minha atividade física é invejável, pois faço musculação diariamente, corro, nado mil metros três vezes por semana, jogo tênis e, às vezes, futebol; sexualmente sinto-me tão bem como se tivesse menos vinte anos e tenho uma frequência sexual que não decaiu com o tempo, a libido continua a mesma de sempre; enfim, não me sinto com limitações maiores em decorrência da minha idade. Ora, por que então a sociedade, por meio de normas regulamentares, insiste que eu deva ser limitado, como se estivesse doente ou com alguma deficiência física?

Analisando a situação de Carlos, em decorrência de sua idade, e os pretensos benefícios que a sociedade quer lhe dar, como que dizendo que ele não tem mais condições saudáveis de vida, verificamos que essa legislação pretensamente protetora deve ser alterada em favor das próprias pessoas que pensa proteger.

Atualmente, setenta anos, ou 75 anos, são idades em que não há, necessariamente, quaisquer restrições físicas ou mentais.

Creio que o momento é de uma reflexão maior dos nossos legisladores sobre a defesa dos menos capacitados. Não se pode mais, em um mundo cuja saúde e a medicina foram totalmente alteradas, considerar alguém incapacitado pelo número de anos que viveu, é preciso provar sua incapacidade.

Vamos proteger os necessitados, mas também incentivar os que têm uma idade avançada e saúde para que possam dar o melhor deles nessa fase, e não os considerar, por presunção, deficientes.

A velhice que limita não é numérica e idade avançada não é doença.

Assessor de executivo

É impressionante a caracterização de figuras típicas de Brasília. Sobre algumas, basta olhar e já reconhecemos o cargo e a forma de atuação.

Não se trata de sabermos por ter conhecido a pessoa em seu trabalho ou por ouvir falar de sua cultura e brilhantismo. Não. Conhecemos determinados indivíduos em Brasília e ficamos de imediato sabendo sobre seus serviços profissionais em decorrência das roupas que vestem, da forma que se apresentam em jantares e festas sociais.

Trata-se de uma profissão que prolifera no início de um governo e vai se deteriorando no fim. Ela é imediatamente renovada ao se mudar o governo, entram outras pessoas cujas características, porém, não se alteram.

São aqueles que podemos chamar de "assessores de executivo", o antigo "aspone" – assessor de porra nenhuma.

Executivo, segundo o *Aurélio*, é quem executa, diretor, ou alto funcionário, que atua na área financeira, administrativa, técnica ou comercial de uma empresa, ou em altos cargos do governo.

O executivo sempre tem um assessor bem caracterizado, ele usa o terno um pouco apertado, com duas aberturas no casaco (famoso mostra-bunda), anda com um celular, nada abaixo do 3G, que usa em um bolso, atualmente acompanhado por um iPad e mais um celular no outro bolso do casaco.

Janta fora todos os dias e finge falar com alguém importante pelo telefone, bem no meio do jantar, dando gargalhadas artificiais, com a voz meio grossa, como se todos no restaurante estivessem interessados na conversa dele.

O assessor do executivo guarda recibos até de chicletes para receber no final do mês, como despesas a serem reembolsadas. Certamente amplia o número de notas com recibos de jantares com família e amigos, anota como clientes, e consegue alguns recinos a mais com o dono do restaurante, de quem é íntimo. Ele nem mesmo olha o cardápio, diz para o garçom: "Quero o de sempre."

Finge ser amigo de todos os deputados e senadores e adora cumprimentar uma autoridade. Puxa uma cadeira para ficar ao lado de quem acha que é importante, chegando mesmo a intervir na conversa de um casal, contando uma piada das mais sem graça, a fim de que todos vejam como é íntimo.

O assessor entra em seu escritório e pergunta se você soube da nomeação de determinado Ministro. Daí faz aquela cara meio misteriosa, meio irônica e diz com todas as letras: "Esse eu consegui nomear, mas ele vai ter de apoiar o meu candidato, pelo menos em seus primeiros votos, conforme ficou combinado comigo."

E quando o assessor chega na festa e lá encontra o executivo para quem trabalha? É inacreditável, o homem só falta rastejar: busca a salada para a mulher do patrão (ele chama de patrão), traz um uísque para o chefe porque conhece o garçom e fala sem parar sobre todos, cumprimentando até a avó do dono da festa, como se fosse íntimo.

Esta é uma figura bem típica de Brasília.

Histórias da história

Acho que nós, que já vivemos muito, temos a ideia e a lembrança de que os tempos antigos eram melhores, que lá viviam heróis e grandes figuras. Que bom foi o tempo que vivemos nas década de 1950, 60 ou 70, por exemplo.

É necessário, porém, desmistificar um pouco essa fantasia, porque nada será como antes, o presente pode estar sendo melhor e o futuro, talvez, poderá ser melhor ainda.

É claro que coisas boas aconteceram, mas quanto mais longe você for no passado, cultuando as figuras lá existentes, poderá verificar, após um estudo aprofundado, que elas não eram aquilo que os historiadores enaltecem.

É possível saber, em recente livro, algo sobre a desmistificação da história que Santos Dumont que, na verdade, não foi quem inventou o avião. Com todo o seu dinheiro, gostava de se "deslumbrar" em Paris, voando em balões de diversas formas. Em seu primeiro avião havia um pequeno balão também para dar apoio na decolagem.

Vê-se que o Aleijadinho, tão famoso em Minas Gerais, é fruto da invenção de um historiador, sessenta anos após a morte do artista. Somente porque o escultor tinha um pequeno defeito nas mãos, ele considerou que as esculturas eram feitas por um aleijado, descrito quase como um Quasímodo,. As obras ficaram tão famosas que continuaram a ser feitas mesmo depois de sua morte, e ninguém sabe mesmo da verdade.

Os Beatles, e eu ainda me lembro, ficaram em baixa quando John Lennon se fechou em um quarto de hotel, nu com Yoko, e se deixou fotografar para o mundo, como exemplo para a juventude acostumada a cantar suas músicas.

Getulio Vargas deu um tiro no coração porque Carlos Lacerda fez uma campanha de ladroagem de seu governo através de seu guarda-costas, Gregório. Quer dizer, o herói de quinze anos de ditadura e mais quatro anos de presidência, com eleições diretas, deu um tiro no peito somente porque um deputado esculhambava com ele em uma televisão que nem funcionava direito. Imaginem se hoje todos os ladrões de colarinho branco dessem um tiro no peito. Não haveria cemitério para enterrá-los.

Juscelino Kubitschek construiu uma cidade inteira quase sem licitações, e o mesmo Carlos Lacerda tentou derrubá-lo, dizendo que, juntamente com seus ministros, era o governo que mais roubava.

No Supremo Tribunal Federal, em 1968, havia reclamações constantes da demora na conclusão dos processos, na Câmara e no Senado poucos membros eram considerados honestos.

O Tribunal Superior do Trabalho mantinha a paridade de composição com os demais órgãos da Justiça do Trabalho e ministros classistas, que nada conheciam de direito, faziam a jurisprudência para todo o país.

Nos governos da ditadura, todos sabiam que havia roubo em todos os poderes da República. A diferença é que, na época, a imprensa não podia contar isso para ninguém.

Assim, os heróis são menos heróis quanto menos antigos ficam e, atualmente, temos ainda muito que evoluir, especialmente na área política e social.

A medicina, o avanço eletrônico, a possibilidade de comunicação global imediata e todo o progresso tecnológico, que acontece em progressão geométrica, deixam o mundo de hoje bem melhor do que o vivido nos tempos passados, e nesse compasso, melhor mesmo será o mundo dos nossos netos.

Medo de avião

Quando há um desastre de avião, sinto voltar um medo de voar que pensei já ter perdido. A verdade, disfarçada por uma tremenda força de vontade que diz a mim mesmo que não tenho mais receio, é que o medo de viajar de avião nunca me deixou. Ele fica dentro do armário enquanto a viagem segue tranquila.

É que o medo é menor do que minha vontade de viajar, e por isso preciso contê-lo, fingindo para mim mesmo que ele já passou.

Mas como faço para dominar esse medo? Vejo estatísticas e todas me dizem que o avião é o transporte mais seguro; entro na cabine e procuro ver as caras dos pilotos e da tripulação, e todos estão sorridentes, como se estivessem passeando em um parque; sento ao lado de alguém que, antes mesmo de o avião correr na pista, já está dormindo. Esta demonstração de tranquilidade faz com que eu diga para o meu medo ficar quieto, e até me envergonho dele.

Lá vou eu, fingindo estar tranquilo e dizendo para mim mesmo que farei uma boa viagem. Os motivos não são só estatísticos, para minha sorte, no mês já caíram outros aviões, além do que, uma cartomante me assegurou, faz uns vinte anos, que, por causa de um traço na mão direita, eu não morreria de desastre de avião.

Então faço uma boa viagem. E novamente viajo, vou ao exterior e retorno, e o medo vai se dissipando diante de tanto esforço mental. Mas não é que cai novamente um avião e o perigo volta com toda a força nas TVs e nos jornais?

E aquela coragem que já estava se instalando, de forma muito superficial, na minha mente, vai embora. E o medo reaparece com todas as imaginações, tipo: — e se eu estivesse lá?

O interessante, porém, é que vemos todos os dias, nos jornais, carros que batem e pessoas que morrem na hora, motoqueiros quebrando a cabeça, trinta ou quarenta pessoas caindo de ônibus em uma ribanceira, incêndios em hotéis e outros desastres, inclusive ecológicos, nada disso me traz o medo que me sobrecarrega quando há uma nova queda de avião.

Este medo de avião é irracional? Por que eu sinto e o piloto não, mesmo sabendo que seu colega de profissão morreu ontem em um desastre aéreo? E aquela cara de tranquilidade da aeromoça, combinando com a gentileza do comissário de bordo? Será tudo fingimento?

O ser humano não foi feito para voar, portanto, quando você está no ar, sabe que se a máquina parar, seu pé não pisará imediatamente no solo, nem poderá usar asas, diferentemente do passarinho.

Quem está pilotando o avião é alguém que você desconhece, e não sabe se brigou com a mulher em casa, se não tem mulher, nem filhos, nem nenhum sentimento maior para querer voltar, nem é possível saber se o comandante precisa liberar adrenalina a ponto de colocar todos em risco.

Quando você entra no avião, entrega seu corpo a Deus, como dizem os mais religiosos, mas eu, que não acredito muito em nenhuma religião, tenho que entregar minha alma a mim mesmo, e, nessa viagem, o "mim mesmo" é um verdadeiro fracasso, sem qualquer possibilidade de garantir uma chegada ao final.

Qual seria, então, a melhor solução? Engolir o medo, fingir que está tudo bem, aguardar que não caia tão cedo outro avião e esperar que a empresa aérea não me dê um *upgrade*, para que, com uma só passagem, eu conheça este mundo e o outro também.

A profissão de advogado

Advogar é exercitar uma profissão que se distingue de todas as demais, tendo certas peculiaridades que ultrapassam, em muito, o simples saber e o título de bacharel em direito.

O advogado, na verdade, é um artista e seu palco será composto de tribunais, tribunas e textos que escreve para que outros aplaudam, critiquem ou contestem de forma contundente o que foi escrito.

São muitos que se formam todos os semestres como bacharéis, podendo exercer a profissão de advogado quando aprovados no concurso da Ordem dos Advogados.

Desses, alguns formam-se apenas para prestar concursos, outros almejam mais um título. Poucos, na verdade, exercerão a profissão, sendo, então, por demais relevante o exame rígido da OAB a fim de que os advogados ingressem na profissão com a necessária competência, ética e conhecimento, pois a eles cabe requerer o direito dos outros.

O direito é uma sentimento que o conhecimento não substitui. Assim, quando lesado, surge no titular a vontade de reagir, há um sentimento de justiça que é transmitido ao advogado a fim de que ele possa exprimir, em uma petição, toda ofensa que sente o ofendido.

O advogado tem de ter uma sensibilidade extremamente aguçada e um profundo senso de justiça para poder defender seu cliente como se estivesse sentindo seu prejuízo, colocando-se em seu lugar, daí a procuração, pois é a forma de dar ao advogado poderes para atuar em nome do cliente, como se cliente fosse.

Mas aí vem o pior problema da profissão. Se você é médico, analisa o paciente e aplica o tratamento necessário. Em consequência, o paciente fica curado, ou não, mas você é o responsável pelo tratamento.

Se você é engenheiro e constrói um edifício, com a obra acabada está finalizado seu trabalho.

Da mesma forma o administrador apresenta sua orientação à empresa e o desenhista expõe no papel seu trabalho.

Enfim, quase todas as profissões são realizadas pelo profissional que as executa e, dependendo de sua capacidade, seu trabalho tem êxito ou não.

Porém, o trabalho do advogado, por melhor que possa ser realizado, não depende de uma conclusão sua e, sim, do magistrado que julgará o processo. É como se o resultado de seu trabalho fosse terceirizado.

Vejam que o advogado percebe o direito, elabora a petição, defende o cliente como se fosse ele; e pode, do outro lado, impugnar e apresentar também todos os fundamentos da parte contrária, mas nada do que faz, nada mesmo, tem uma solução direta – favorável ou contrária ao seu cliente, pois a força do sentimento do direito, que era do contratado, e que ele passou a exercer por meio de procuração, será decidida por um terceiro, o juiz, ou o tribunal, cujo sentimento de justiça não representa nenhuma das partes, mas a fria linguagem da lei, ou da jurisprudência.

E, pior ainda, com os recursos, e em nível extraordinário, já não se faz mais justiça como dizem os ministros, mas se aplica o direito.

O interessante, porém, é que a suscetibilidade do sentimento de justiça não é igual em todos os indivíduos. Certamente um juiz que não sofreu injustiça não será sensível ao direito da parte, cuja sensibilidade se tornou um pouco dispersa quando repassada para seu advogado, mediante substabelecimento.

Quando o direito surge então para julgamento, e quando é julgado, não se trata, na realidade, de ser concedida uma justiça às partes, mas a aplicação de um direito abstrato, ou seja, sem o sentimento do qual nasce o próprio direito.

Creio que ao advogado, por tudo que foi dito, cabe cada vez mais ter a determinação e a coragem de, ao se colocar no lugar da parte, defendê-la como se ela fosse, cabendo ao juiz um papel de verdadeiro artista, transmutando-se em várias figuras, com vários sentimentos, para extrair de si o verdadeiro sentimento de direito que decorre do processo, do qual nascerá o direito concedido.

Que seja esse direito concedido o mais próximo do direito real, pois, como disse Von Ihering, a justiça e o direito não florescem num país pelo simples fato de o juiz estar pronto a julgar, pois "todo aquele que desfrute as bênçãos do direito deve contribuir para manter a força e o prestígio da lei", todo homem é um combatente pelo direito, no interesse da sociedade.

Frederico

Tenho um cachorro, *golden retriever*, chamado Frederico.

Nós temos uma ligação muito grande, não só de afeto, mas, especialmente, de compreensão. Ele precisa muito que lhe cocem a cabeça e durante quase todo o tempo deita na minha perna para ser coçado, é interessante o fato de que, se eu não corresponder, ele puxa minha mão até que seja realizado o desejo.

Converso muito com ele, às vezes sobre coisas tristes e, muitas vezes, sobre alegrias e fatos corriqueiros. Ele me olha, entende o que falo e, sendo muito inteligente, apenas ouve, o que me parece muito melhor do que conversar com certas pessoas, especialmente aquelas que acabam de ouvir e dizem: Ah, é verdade, mas comigo..." Então começam a contar fatos pessoais que não interessam nem um pouco.

Pensando na doçura, amizade e inteligência do Frederico, até mesmo para não falar sobre as minhas conversas, cheguei à conclusão de que o ser humano é o que há de pior nessa sequência de seres viventes, incluindo homens, animais, plantas e tudo que tem vida.

Exemplificando, qual o mal, ou inveja, ou crime, ou vingança, ou que atos de corrupção habitam os sentimentos do Frederico? Nada, ele quer apenas que lhe façam carinho.

Vejam, o cachorro, como outros animais e plantas, são

seres bons, que não fazem mal a ninguém. O cachorro, especialmente, é companheiro, gosta das pessoas, trata bem todo o mundo e não tem maldade. As plantas, então, por exemplo, a rosa: qual o mal que faz a rosa, a não ser espetar quem quer maltratá-la? Ela está sempre cheirosa, com uma cor linda, enfeitando os lugares, jardins, casas, enfim, é tudo de bom uma rosa.

E o ser humano? Ele pode fazer o bem, e muitos fazem. Mas, como tenho observado, há um grande número de pessoas que só pensa em si, são egoístas, invejosos, ciumentos, vingativos, estão quase sempre praticando o mal.

Ontem, por exemplo, quando saí de um restaurante, segui atrás do carro oficial de um alto funcionário do governo. Na esquina, na grama, dormiam, debaixo de uma árvore, uma mãe e duas crianças. Todos, no carro oficial, olharam, mas com aquele olhar de desprezo, de repugnância, e não como pessoas que, em nome do governo, pudessem socorrê-los.

Vejam os políticos, o sujeito é nomeado ministro ou sei lá o quê; daí rouba sem qualquer pudor, mente até para a presidenta da República e não sai do cargo, pois é uma capitania de seu partido.

No Poder Judiciário está nossa garantia, mas você assiste às sessões da Suprema Corte na televisão e, em vez de se sentir garantido, sente vergonha e fica até com medo.

Os congressistas, na grande maioria, têm um preço por voto. Essa é a representação do povo, e o que é o povo senão o ser humano em sua coletividade?

Ora, é de concluir, assim, que o ser humano, realmente, talvez seja o pior dos seres viventes.

Quando chegar em casa vou mostrar ao Frederico esta crônica.

Einstein, os celulares e o dia de um homem comum

Outro dia fui jantar em um restaurante dos mais românticos. Ao nosso lado estava um casal que, a princípio, parecia estar em lua de mel. Ele a olhava apaixonado quando sentaram, mas, logo depois, ela colocou seu celular na mesa e respondeu à ligação da mãe, conversa que demorou quase dez minutos. Nesse ínterim, chegou a salada e o marido puxou o celular para fotografá-la, o que fez também com o prato principal.

Degustaram a sobremesa, trocando ideias sobre as novas do Facebook, que ela acessou durante o jantar e saíram do restaurante com cara de apaixonados, como nele entraram. A impressão que ficou, porém, é que nem ele nem ela estiveram juntos, mas estes são fatos da vida atual.

Nesse mesmo compasso, contou-me um amigo que chegou em casa e sentou na sala para ver a novela com os filhos. Os três, ao mesmo tempo que assistiam à televisão, compartilhavam e curtiam fotos no Instagram, recebendo mensagens constantes. Não sei por que, disse ele, mas tive a impressão de que, na verdade, estava sozinho na sala.

Na hora de dormir, deu boa-noite, mas não ouviu muitas respostas e foi para o seu quarto. Deitou-se e contou-me que puxou um assunto com a mulher sobre essa dificuldade de relacionamento em razão da facilidade nas comunicações, mas não houve continuidade da parte dela. É que estava apreciando todas as novas postagens no Face, tal como ele no café da manhã, lendo jornal.

No dia seguinte, cedo, foi tomar café com o jornal ao lado, sendo que trocou com sua mulher quase que duas frases inteiras, sobre o tempo e a caminhada que poderiam dar.

Quando falou do tempo, ela alcançou seu celular e foi verificar se o dia seria de sol ou se haveria chuva, a fim de estar adequadamente vestida, buscou então seu relógio de marcação de quilometragem, conectado ao tênis, com o propósito de contar as calorias que perderia durante a caminhada.

Tudo bem, meu amigo seguiu para o escritório e lá teve de elaborar um recurso. Entretanto, a decisão da qual iria recorrer era igual a centenas de decisões eletrônicas concedidas pelo tribunal, algumas, inclusive, que não se adaptavam à tese do que estava sendo julgado, evidentemente por erro do assessor, que, em breve, deverá ser trocado por um computador mais eficiente.

Feito o recurso, baseado em centenas de outros já arquivados no escritório, ele seguiu para o tribunal a fim de sustentar oralmente uma nova causa.

Acontece que esta nova causa é trazida pelo ministro relator com um relatório igual a de outras centenas já julgadas, tento, apenas, cinco ou seis linhas adaptadas. Quis falar que não poderiam ficar nessa repetição, sem inovações, sem o estudo de um novo direito, mas ninguém concordaria, porque com o volume de processos atualmente existente não há meios de fazer com que sejam estudados profundamente e, muito menos, de serem realizadas longas sustentações orais.

Certo, tudo faz parte desse novo mundo moderno. O jeito é ir para casa e descansar; mas, pensou ele, antes vou tomar um uísque com algum amigo. Parou o carro no estacionamento pago e um motorista, quase sem falar nada, porque respondia por meio de um comunicador a seu chefe, levou seu veículo para outro lugar, e a partir daquele momento, o funcionário passou a ser, propriamente, o dono do carro, um dono que não sabia nem mesmo se teria condições de dirigi-lo.

Entrou no bar, encontrou um velho amigo e pediu uma dose. Enquanto aguardava a bebida, seu amigo falou no celular com uma mulher (que pareceu não ser a dele) e combinou um encontro rápido. Abraçou-o com enorme saudade e saiu para o encontro, deixando-o com um copo na mão.

Meu Deus, penso eu, acho que Einstein estava certo quando disse: "Tenho medo do dia em que a tecnologia vai se sobrepor à interação humana. O mundo terá uma geração de idiotas."

ESSE DIA CHEGOU.

Estamos cada vez mais sós

Estamos cada vez mais sós. Li em crônica de Ruy Castro um comentário que muito me impressionou. Diz ele:

> O avanço da tecnologia parece nos conduzir à independência, à liberdade e à autossuficiência. Dito assim é bonito. Já não o será tanto se convertermos a frase à sua verdadeira essência — a de que tal avanço está nos condenando ao individualismo, ao egoísmo e à solidão. E não sei também se esse comodismo não denotará uma certa dose de covardia em relação à vida (...)

Interessante como é paradoxal esse progresso da tecnologia e, em especial, da comunicação – há um atraso social que decorre dele.

Existem crianças que passam a maior parte do tempo disponível jogando em computadores, telefones, iPads e outras aparelhagens eletrônicas.

Adultos acrescem a esses jogos sites, blogs, Facebook, Flickr, e outros programas, chegando ao exagero de não saberem o que está acontecendo ao seu redor, na família, na sociedade e no resto do planeta.

Os jornais eram lidos e discutidos em casa, os filmes, vistos com pipocas e depois acompanhados de comentários nos bares, os estudos exigiam pesquisas, idas a bibliotecas e discussões doutrinárias, isso tudo está se transformando em solidão e aparelhos eletrônicos.

Talvez, se perca cada vez mais a vontade de conhecer novos lugares, outros países, já que a aparelhagem eletrônica continuará tomando o tempo do viajante. Tanto faz estar no Rio de Janeiro, em Brasília ou em Londres, porque o foco principal está na comunicação que você leva nas mãos, e tudo o mais, lugares ou pessoas, tornam-se secundários.

O amor virtual está acontecendo em programas de homens e mulheres, bate-papos e, conforme o site, há, até mesmo, relacionamentos sexuais.

Nos tribunais criam-se, mediante um avanço da tecnologia, os processos eletrônicos. Os autos estão na telinha, o funcionário do tribunal, em tese, não precisa mais estar presente no gabinete. O ministro pode aprimorar seu voto em casa e os outros julgadores, em sua própria casa, verão virtualmente o que será votado. Os tribunais ainda são frequentados porque o costume não foi totalmente derrogado, mas futuramente será.

Nas lojas, os servidores são trocados por máquinas, nos shoppings, um cartão abre as cancelas para seu carro entrar, e a maioria das compras é feitas em casa, online.

Os DVDs e CDs desaparecem, pois se pode baixar o filme ou as músicas diretamente da televisão, do telefone celular.

Seus filhos viajam, mas a presença deles é manifesta no Skype e não se sente mais a mesma saudade da pessoa ausente.

Enfim, estamos cada vez mais entrando em um mundo novo, um mundo de avanços tecnológicos, mas, a meu ver, um mundo de atrasos nas relações entre os seres humanos. Estamos cada vez mais sós.

A aviação

É surpreendente como a maioria das companhias aéreas está sempre trabalhando no vermelho, à beira da falência.

No Brasil os aviões estão sempre lotados, o preço é alto, mas quase todas as empresas reclamam que não ganham nem para pagar funcionários. Então, para que ter empresa aérea?

Deve haver alguma tramoia. Ou essas empresas que reclamam ganham muito disfarçam que estão falidas para que o governo conceda empréstimos e perdoe suas dívidas, ou estão mesmo falidas e ninguém sabe o porquê.

O grande nó da aviação acontece quando a companhia atrasa o pagamento de seus empregados. Atrasar pagamentos de aeroviários tudo bem, pois estão atrás dos balcões e podem gritar à vontade que não atingem ninguém.

Mas não pagar em dia os pilotos é de um tremendo mau gosto, pois o sujeito pode resolver fazer greve durante o voo e eu, que não tenho nada com isso e paguei a passagem, sigo o grevista até o fim do mundo.

Seria o mesmo que colocar um anúncio: por um preço único visite este mundo e o outro em uma só viagem.

É engraçado também esse negócio de viajar na primeira classe, com uma única fila, como as maiores empresas estão fazendo atualmente.

Você paga quase o triplo do valor de uma passagem da

executiva e recebe um bom jantar, acompanhado de uma taça de excelente vinho. Daí a aeromoça passa a servir toda a classe executiva, mais de vinte pessoas, para depois de uma hora voltar à primeira fila e perguntar se você deseja outra taça; continua então seu serviço vip com o prato frio e uma taça de vinho de hora em hora e você, como um rico bobo, o que é quase um pleonasmo, pensa estar fazendo uma viagem muito melhor que a dos outros.

A diferença entre a primeira classe e a executiva, aliás, é que a poltrona da primeira desce mais 15°. Ora, se essa é a única vantagem, é melhor viajar na classe executiva e, com as sobras do valor da passagem, comprar uma poltrona reclinável, colocar na sua sala de televisão, lembrando que se o avião, por acaso, cair, cairão todas as classes juntas, não adiantando os adicionais pagos.

Enfim, você chega no Brasil da viagem ao exterior, no meu caso em Brasília, desce em um novo aeroporto, agora dirigido por uma empresa particular, que pagou a enorme obra com nosso dinheiro, levantado no BNDES, ao qual está devendo todo o empréstimo.

A obra ficou linda, ampla e se você é gordo, o que não é meu caso, terá o prazer de fazer uma caminhada de uns dois a três quilômetros até onde devem ficar as malas, se elas chegarem.

Mas, infelizmente, está chovendo forte, e a nova obra é cercada de goteiras, e o teto para a proteção dos carros desabou com o vento.

Não tenho mais dúvidas, cheguei ao Brasil.

A velhice fora do contexto social

O que mais me impressiona na velhice é uma sensação muito parecida com a que vive o menor, ainda fora do contexto social.

Quando você não tem idade para entrar em determinados filmes, teatros, cassinos, quando você não pode viajar sozinho em razão da idade, sente que não está integrado na vida, ou melhor, que não há uma integração plena.

Então vem aquele sentimento do jovem de querer alcançar os dezoito anos, depois os 21, e ter a liberdade de aproveitar a vida como os que já alcançaram idades em que são plenos.

Mas vejam, esse é um sentimento bom, é a perseguição da plenitude da vida, todos podem alcançar, e, se não houver nenhum contratempo, alcançarão.

Na velhice, porém, após determinada idade, começa a acontecer exatamente o contrário, ou seja, aquele que viveu no pleno contexto social começa a sentir, não por ele mesmo, mas pela sociedade, que não é mais alguém igual aos demais, passando a ser desintegrado da sociedade por força, inclusive, da lei.

Sabe-se, e é notícia quase que diária, que a idade cronológica está aumentando e que nosso mundo, em pouco tempo, será um planeta composto de mais velhos do que jovens.

Sabe-se, também, que, biologicamente, em razão de tratamentos médicos, vitaminas e alimentação balanceada, muitos velhos tornam-se, com a idade, mais novos do que muitos novos.

A vida sexual, que a partir de determinada idade parecia desaparecer, com novos produtos e atividades físicas, se mantém, os velhos têm hoje uma atuação e uma libido de fazer inveja aos que ainda não envelheceram.

Entretanto, os legisladores insistem em não acompanhar a evolução da idade. Agora mesmo assisti à posse de um novo presidente do Tribunal Superior do Trabalho, ministro Barros Levenhagen, o qual foi empossado, por votação unânime de seus pares, para substituir o ministro Carlos Alberto Reis de Paula, brilhante em sua carreira, professor emérito e o primeiro negro no Brasil a assumir o cargo de ministro no Tribunal Superior do Trabalho.

Mas o que houve com o ministro Carlos Alberto? Deixou o cargo por vontade própria? Estava doente? Não, o Ministro estava talvez em uma de suas melhores fases intelectuais, acrescida dos anos de serviço ao magistério, porém, ele alcançou a idade de setenta anos e, em decorrência da idade cronológica e não biológica, o legislador determinou que ele, a partir de seu aniversário, estaria velho para continuar no cargo e o aposentou compulsoriamente.

Um cidadão com mais de setenta anos não precisa votar, não entra em fila nos bancos nem nos aeroportos, tem estacionamento privativo nos locais públicos, é afastado do magistério compulsoriamente, tudo isso decorrente de normas que tinham como base para o falecimento, em 1950, a idade média de 49 anos.

Ora, não estaríamos já em uma época na qual os idosos poderiam ser tratados não por presunção legal, mas de forma subjetiva?

Ninguém, a meu ver, pode presumir quais as restrições decorrentes da idade nos tempos em que vivemos, pois retira-se o idoso da vida social. É a idade que vivo a que melhor se entrosa na sociedade.

A onda e nós

Existe o mar, imensa força inexplicável de água coberta pelo céu.

Repentinamente surge a onda; nasce do nada, filha do mar.

Ela cresce, e durante sua rápida vida, corre até se espraiar na areia. Então, a água que formou a onda volta para o mar, e dela fica somente a lembrança.

O mar é como a força energética que nos cria, mistério que prenuncia a vida, inexplicável também.

Não sabemos como nem por quê, mas da relação entre mar e céu nasce a onda, e da relação entre homem e mulher nascemos nós, como a onda.

Nossa vida vai seguindo, correndo no tempo, rapidamente e, quando pensamos em recomeçar, já estamos chegando ao fim.

Algumas ondas sobressaem, são fortes, são altas, são lindas; outras são pequenas, correndo ou quebrando na arrebentação; outras, ainda, tornam-se apenas marolas.

A vida da onda, como a nossa, é breve. Alcança seu auge, começa a envelhecer, decai correndo ou quebrando, vai perdendo sua força e morre na praia.

O importante, porém, é que, na verdade, a onda, como nós, não morre quando parece chegar ao seu fim, espraiada.

Ao perder sua característica, ela volta, levada pela correnteza, a ser integrante do mar, e vemos que o que era onda agora é mar.

Nós, que viemos de uma força energética, desconhecida, sem saber como nem por quê, ao morrer, como pensam todos que de nós se despedem, na verdade, não morremos.

Nosso espírito, que se espraia após o que chamamos de morte, perde a individualidade, o contato com o ego, surgindo nosso eu não manifesto.

Como a onda, passamos a integrar nossa força infinita, que é somada ao espírito de todos nós.

Deixamos lembranças, mas continuamos como parte da força energética universal de onde viemos.

O mar é força, o espírito é força, a onda, nós, e tudo é expressão materializada de um mundo muito maior que o nosso e infinito, daí a incompreensão desse mistério que ninguém esclarece.

Surgem religiões, seitas, numerosas hipóteses para dar uma explicação aos que vão morrer, como se quiséssemos dizer: nossa vida continua independentemente da morte.

O contrário, porém, é o que acontece. A onda corre, se espraia e volta a ser mar. Nós crescemos, vivemos e voltamos a ser força, ou seja, somos apenas energia, vivendo como a onda. Como a onda no mar, uma força energética.

Kapteyn b

O periódico *Monthly Notices of the Royal Astronomical Society* publicou que foi achado um planeta potencialmente habitável, como a Terra, capaz de ter água líquida a apenas 213 anos-luz de distância.

O planeta, que chamaram de *Kapteyn b*, orbita ao redor de uma estrela anã, vermelha, na constelação de Pintor, parecendo ser similar a Terra em composição.

Para não alertar nosso mundo, os astrônomos não contaram um diálogo que aconteceu entre o chefe do setor de astronomia da Universidade Queen Mary, de Londres, e um dos líderes daquele megaplaneta novo para nós, mas mais velho do que nós no Universo.

Esse líder chamava-se UB, entendia e falava perfeitamente o inglês e, disse ele, qualquer outro idioma falado na Terra.

UB esclareceu que não precisava perguntar nada sobre a Terra porque, pelo avanço em que se encontravam, tudo já era conhecido.

Nosso cientista perguntou, então:

— Como é governado seu planeta?

UB respondeu:

— Temos um Poder Executivo C; um Poder Legislativo C; e um Poder Judiciário C, dirigido por um órgão supremo.

A voz de UB, entretanto, era estranha, pois quando falava nosso idioma dava a impressão de que tinha aprendido as entonações respondendo como um cantor de rap.

– Mas o que significa esse C em todos os poderes – perguntou o cientista?

— O C significa CORROMPIDO, ou seja, ao contrário do que acontece nos países da Terra, todos os nossos governantes são corruptos ou corrompidos.

— Como assim? – Questionou o cientista inglês.

— Ora, se você quiser que uma lei seja aprovada, ou que um legislador vote de determinada maneira, terá de conhecer alguém que recebe determinado valor por ele, e, propriamente, "comprar" de forma indireta sua boa vontade naquele projeto. Do mesmo modo, o Poder Executivo cobra "por fora", por intermédio de seus agentes, percentual sobre todas as obras, vendas, projetos, enfim, por tudo que é de sua competência, sendo, naturalmente, um poder corrompido.

— Mas, e o Poder Judiciário atua condenando os corruptores e corrompidos? — Perguntou o cientista.

— Não, muito pelo contrário, o Poder Judiciário tem como missão condenar aqueles que se metem a honestos, não roubando nem criando ilegalidades, como se fossem santos, querendo deformar a natureza dos kapteynos.

"Nós somos corruptos por natureza, e todos aqueles que dizem ser honestos só fingem que agem assim porque não receberam cargo algum em nenhum dos poderes.

"Assim, nossos filhos, desde que se formam no ensino médio, e aqui o ensino é dividido em pequeno ensino de safadezas, ensino médio prévio de corrupção e ensino superior dos corruptos, já recebem, como premiação, um cargo em algum dos poderes da nossa roubacracia, pois não aceitamos pessoas honestas em nosso planeta.

Frente a essa conversa estapafúrdia, nosso cientista desligou imediatamente a comunicação e pediu a todos que guardassem segredo sobre o que havia sido conversado, pois, certamente, um mal exemplo desses poderia contagiar nosso povo da Terra.

Retrato de Brasília

São 18h e o céu, atrás do Congresso Nacional, fica corado. Os ministérios, esverdeados, se apagam, e a bandeira tremula no mastro, de forma desajeitada.

Os carros correm apressados, levando para casa a rotina de mais um dia que passa, e lá a mulher espera o funcionário, ansiosa, ou sem graça.

Os juízes, após fazer justiça, ou consagrar a injustiça, despem as togas e voltam a ser homens normais. Alguns não conseguem, pois tal é o poder da toga que os invade, é como se lhes fosse intrínseco e não do cargo.

Mas foi feita a justiça? A justiça existe? O que é? O que significa o direito? O direito de um é a inexistência do direito do outro, então, o que é o direito?

Os ministros fingem que são liberais e chegam a conversar com os cabineiros e seus motoristas. Alguns pedem para o carro estacionar em frente a um restaurante caro e lá encontram seus companheiros de uísque, ou seus assessores que rirão de suas piadas idiotas.

Os mais próximos da presidenta são os mais cercados, e o que dizem denota uma cultura e um humor fora do comum naquele grupo. Tudo acaba com o tempo e, repentinamente, o tempo passou, o mandato passou e eles não são mais nada. Até seus nomes são riscados das listas de convites especiais.

Deputados e senadores que ainda há pouco brigavam nos pratos redondos do Congresso, sentam-se às mesas e aguardam as companheiras ou amigas discutindo o que já discutiram, mas agora com ironia, porque regado a um bom vinho.

Nesses encontros da tarde surgem as ideias que, ao anoitecer e após o quarto uísque, vão estruturar nosso país.

E então vemos a catedral com suas pontas de concreto dirigindo-se ao Criador. É como se o homem fizesse o cimento apontar para a eternidade e como se o espírito de Niemeyer prevalecesse sobre o espírito de Deus.

Os funcionários seguem para suas casas. Casas em Ceilândia, Recanto das Emas, Paranoá, perto da Papuda, residências no entorno, depois de um dia de trabalho pesado deverão chegar duas horas mais tarde às suas casas, pois a cidade projetada para não ter trânsito foi invadida por um volume de carros igual ao número de pessoas.

Todos vão ingressando na vida noturna de Brasília, na vida das casas, dos bares, dos restaurantes, das ruas sem vida e das noites vazias. E amanhã começará tudo de novo.

Bom dia, Excelência.

A optogenética

O mundo continua mudando em progressão geométrica. Cientistas japoneses e americanos, em estudo conjunto, demonstraram como o processo de implantar falsas recordações se dá no nível neuronal.

Utilizaram uma nova tecnologia, a optogenética, que usa pulsos de luz para identificar e estimular redes dentro do cérebro.

Esclareceram os cientistas, em uma edição da revista *Science*, que as memórias são armazenadas em sistemas celulares comparados a pecinhas de Lego. Na recordação de fatos, o cérebro reconstrói o passado juntando "tijolos" de dados, havendo sempre modificações nessas lembranças, vindas do exterior, daí a memória ser algo extremamente não confiável, conforme diz o cientista Susumu Tonewaga, diretor do Centro de Circuitos Genéticos Neurais e professor do Instituto de Ciências Cerebrais Riken, no Japão.

Assim, ativando uma região do cérebro de ratos previamente associada à memória episódica de experiências, eles passam a recordar memórias, digamos, implantadas.

Constataram, então, que, verdadeira ou falsa, a memória se forma da mesma maneira, ou seja, ela não pode ser considerada papel-carbono, reproduzindo fielmente um acontecimento.

Dessa forma, muitas recordações negativas que guardamos do passado como verdadeiras não aconteceram do modo que lembramos. Certamente, no futuro, muitas memórias não existentes poderão ser integradas ao cérebro, como se fossem verdadeiras. Esse progresso da ciência faz com que eu pense no futuro e passo a imaginar como serão, por exemplo, as faculdades no ano de 2030.

Também é possível que alguém se lembre de algo tenebroso da infância que não aconteceu, porque a recordação pode se dar pelo fato ter sido narrado várias vezes, tornando-se uma nova realidade. Essa evolução neurológica, a meu ver, enfraquece muito o testemunho em juízo sobre pessoas, lugares ou coisas, na área penal.

Não existirão mais vestibulares e, sim, a compra de chips para determinadas profissões. Creio que o UniCEUB não será mais uma universidade, poderá ter o formato de uma loja. Aquele que já comprou e adaptou na memória um chip do nível médio, compra na loja CEUB um chip para se formar em direito, enquanto outro, com tendências médicas, pode comprar um para ser graduado em medicina.

Esses chips comprados deverão trazer todo o programa teórico e prático do curso superior e darão ao seu proprietário a memória que iria adquirir se cursasse normalmente a universidade, com a garantia de que não iria esquecer, nem precisaria mais estudar, a não ser que pretendesse se aprimorar especializando-se, quando poderá comprar um chip complementar de especialização.

Certamente que haverá universidades mais fracas, como, por exemplo, a Eurofa, que venderá chips pela metade do preço, formando médicos, advogados e outras profissões com um talento muito menor do que o das grandes universidades.

O governo pagará chips universitários para quem se formar com "Bolsa Chip" no nível médio, e haverá chips com 20% a 30% de desconto, relativo às cotas para negros, índios etc...

Não sei, mas todo esse progresso me assusta muito e tenho medo de, no futuro, não ter mais cabeça para adaptar um chip de memória para velhos, perdendo toda minha advocacia.

Sobre Deus

Acredito em um Deus da natureza. Seria uma força estranha e superior que teria criado o sol, as estrelas, terra, água e tudo que demonstra ser harmônico com o divino.

Acredito em um Deus que criou todos os animais na Terra e, talvez, em outros planetas, força essa superior e divina, sem que haja maldade nos animais e nas plantas.

Não acredito, porém, em um Deus que estaria regendo a vida de todos os seres humanos, a não ser que estes o tenham traído – mas daí já seria um defeito da Criação, que poderia não existir.

Não posso acreditar que alguém, com força superior, possa criar terroristas, pedófilos, governantes que eliminam raças, assassinos, ladrões, corruptos e uma maioria de pessoas do mal.

Que Deus é esse? É preciso que se reze para que ele melhore as pessoas? Então por que as criou assim?

Seria uma tentativa de melhora com reencarnações seguidas? Se existe a força divina para criar, por que criar para melhorar em estágios?

Dizem alguns que se deve agradecer a Deus por melhorarmos das doenças. Ora, mas por que possibilitou Ele a doença? Não é paradoxal?

Agradece o religioso: Graças a Deus nosso fiel foi liberado do sequestro. Pergunto, por que não começar pela base, evitando o próprio sequestro? Alguns morrem no desastre e outros se abraçam agradecendo ao Senhor. Mas por que salvou apenas esses agradecidos e deixou morrer os demais, no mesmo desastre?

Acredito que o homem possa ter, dentro de si, o que podemos chamar de Deus, ou seja, uma vontade e um potencial enorme de fazer o melhor, evoluindo no caminho da superioridade, melhorando a humanidade. Este é o sentido que dou à vida, e este é o Deus que reconheço.

O grande problema é que o homem dificilmente aceita, pois não tem humildade para isso, que não sabe de onde veio e não sabe para onde vai, inúmeras seitas são baseadas nessa fragilidade humana de não reconhecer que o que existe é o inexistente e que a força de alterar o mundo está dentro dele mesmo, sem importar o antes ou o depois.

Acontece que o ser humano quer continuar e quer garantias, quer contar sempre com um salvador para melhorar sua vida, sem querer entrar em contato com seu ser não manifesto e reconhecer que o salvador é ele mesmo, único responsável por tornar seu mundo melhor.

Concluindo, entendo que Deus existe, ou melhor, que vários deuses existem, UM dentro de cada um.

O maior milagre da Igreja Católica

Jesus, como sabemos, deixou para nós católicos um grande número de milagres, até hoje destacados por todos que o reverenciam.

Lembro de ler sobre o milagre de ele ter ressuscitado no terceiro dia, ou o de fazer o paralítico andar na frente de diversas pessoas que assistiam, dizendo: "Levanta-te e anda." É de se lembrar a festa na qual, acabando o vinho e os pães, Jesus determinou sua multiplicação. Outros, muitos outros milagres nos foram transmitidos através dos anos.

Mas a meu ver, o grande milagre de Jesus, contado pelos apóstolos, seus seguidores, especialmente Marcos, Lucas, Mateus e João, não se compara ao maior milagre, que foi o da Igreja Católica através dos tempos.

Para mim, o ato mais milagroso de todos é vinculado à mídia, à comunicação, a terem tais fatos atravessado séculos e estarem integralmente conhecidos nesse século XXI.

Como os fatos que originaram uma religião alcançaram o século XXI, fatos sobre alguém que morreu no ano 33, com 33 anos?

Na época em que Jesus viveu, quase todos eram analfabetos, não existia transporte e nenhum tipo de comunicação a não ser a palavra, não havia rádio, TV, computador,

Twitter, Facebook, nem Correios e Telégrafos. Enfim, o sujeito fazia um pequeno discurso, para dez ou vinte pessoas, que não era gravado nem escrito por ninguém, e suas palavras atravessaram mais de 2 mil anos.

Jesus era judeu e pregava em sinagogas, especialmente na cidade de Cafarnaum. Falava para trabalhadores rurais da Palestina e ensinou poucos anos, pois morreu cedo.

Os judeus festejavam o Shabat e ordenavam a circuncisão, mas Jesus resolveu não seguir essas normas religiosas, criando novos hábitos. Em seus ensinamentos, foi seguido por doze discípulos e ficou famoso com o seu Sermão da Montanha e a oração Pai-nosso, essa faz algum tempo alterada pelos padres, certamente por orientação do Papa, não sei porque razão.

As verdades pregadas por Jesus foram reproduzidas por quatro de seus seguidores: Marcos, que registrou o primeiro e mais importante Evangelho; Lucas, o qual não conheceu Jesus; Mateus; e, ainda, por João, que escreveu seu Evangelho no ano 90, ou seja, 57 anos após a morte do mestre.

Acontece que nenhum deles, segundo a história, ouviu ou escreveu nada do que Jesus falou, redigiram os Evangelhos em aramaico, para uma população, na época, que se comunicava em diversos idiomas. Por exemplo, os judeus que viviam fora da Palestina falavam grego; nas sinagogas, as orações eram feitas em hebraico e em Roma falava-se latim.

Ora, como os evangelistas, anos depois da morte de Jesus, escreveram sobre suas lições, faladas em aramaico, e elas foram espalhadas mundo afora?

E a Virgem Maria, sua mãe? Levantaram a história sobre essa santa senhora, mãe de Jesus, de que era virgem. Por quê? O que tem a ver a maternidade com a virgindade? São situações opostas. Alguém pode achar que Jesus, em sua pregação, disse que sua mãe era virgem?

Por essas razões é que, para mim, o grande, o verdadeiro milagre da religião católica, é todos os católicos acreditarem nessas histórias em 2016.

Entretanto, o grande milagre de Jesus é o amor, a solidariedade e a fé que deixou como exemplo para todos nós e que nos guiará até a eternidade.

Conflito

Há um conflito entre o meu ser externo e o interno.

São duas "pessoas" totalmente diferentes.

O ser externo diz que sou velho, que pago meia-entrada, que devo ter vantagens de deficientes e até recebe ofertas de lugares para sentar em coletivos cheios.

O interno diz que devo começar em outra área, que tenho um grande futuro, que minha vida se inicia aos setenta, que tenho enorme tesão e que velhice é pura invenção da lei para que as pessoas se aposentem abrindo novas vagas, especialmente no setor público.

Convivo, então, com esse conflito: o velho não é aceito pelo novo e, em algumas situações, o novo não é aceito pelo velho.

Existe algo de muito errado nesse litígio. O espírito deveria envelhecer como o corpo, pois isto não acontecendo, meus pensamentos e atitudes podem até tornar-se ridículos. Mas será que é o corpo que está envelhecendo de forma errada, muito antes do que deveria acontecer?

É difícil solucionar a contenda. Caminho cinco quilômetros diariamente, depois faço sessenta flexões, duzentas abdominais e me sinto como se tivesse trinta anos.

Trabalho o dia inteiro e, ao chegar em casa, vejo no espelho aquele sujeito, com cabelos raros e brancos, algumas rugas mais profundas, com características de alguém que já passou dos setenta, e me pergunto: Serei eu mesmo refletido nesse espelho?

O fato é que a minha figura externa já não combina com o meu eu interno, e é muito difícil conviver com dois em um só.

A ciência tem avançado e o ser humano, atualmente, tem uma longevidade muito maior, sendo que a média de vida aumenta cada vez mais com o progresso na área da saúde.

Acho que é essencial que se encontre um meio-termo entre a capacidade interna de viver e o corpo externo. É preciso que um acompanhe o outro: ou fico velho por dentro e por fora, ou, ao contrário, mantenho por fora a idade que tenho por dentro.

Mas a realidade é que não tem remédio, ou, pensando bem, será que melhoro quebrando o espelho?

A verdadeira história dos três porquinhos

Ofereço este artigo aos pais que sempre foram enganados pelos clássicos e que não devem mais enganar seus filhos.

Voltando a criticar as clássicas histórias infantis, gostaria de comentar sobre os três porquinhos, irmãos, cada um com uma ideia diferente sobre como construir sua casa.

O primeiro porquinho, após achar um monte de palha, considerou que seria fácil e rápido fazer sua casa com aquele material. O segundo, encontrando alguns troncos no bosque, entendeu que poderia elaborar sua casa de madeira, e o terceiro, pensando com maior firmeza, construiu uma casa com tijolos que obteve não sei como, pretendendo ter uma residência mais sólida.

Dessa narrativa inicial verifica-se que os três porquinhos, presumivelmente irmãos, não seguiram o mesmo nível social, pois o primeiro contentou-se com uma casa de palha, mesmo havendo outros materiais no bosque, o segundo preferiu construir sua casa de tronco de árvores e só o terceiro usou um material sólido, tijolos, embora todos pudessem fazê-lo de imediato, pois, no final da história, assim o fizeram.

Vê-se assim que, como em toda sociedade democrática, entre os porquinhos havia uma visão diferenciada, gostos diversos e a vontade de um trabalhar mais do que os outros, atitudes normais de todos os seres.

Ora, em vez de cada porquinho ficar em sua casa, construída com esforço próprio, a história conta que um lobo malvado, grande, feroz e com um sopro fortíssimo vai à primeira casa de palha e pede ao porquinho para entrar, evidentemente com intenções de comê-lo, embora todo mundo saiba que lobo não come porquinho.

Não obtendo autorização para entrar na casa, o lobo sopra e derruba a casa feita de palha, o primeiro porquinho corre para a casa do segundo, que também é soprada, ficando os três, então, resguardados na casa de tijolo pertencente ao terceiro porquinho.

Mas o que demonstra essa história para crianças? A meu ver, chama a atenção para a existência de um irmão mais esperto que outro, a fraqueza dos outros e a existência de animais que com um sopro podem derrubar até casas, o que é uma deslavada mentira, porque lobos nem sequer sabem soprar.

Trata-se até mesmo, se for verificada a idade da criança para a qual está sendo contada essa narrativa, de uma história de terror, pois evidencia a figura de um porquinho, só, em uma casa frágil, podendo ser comido por um lobo, mostra a fuga para a casa do outro irmão, os dois quase morrendo e se escondendo na casa de tijolos do terceiro que, apavorados, nem mais podem sair de casa, pois o lobo, certamente, ficará na espreita.

E pior ainda, se lobo não come porquinho, como alimento, não seria ele um porcófilo?

Dos assassinatos de Abraham Lincoln e John Kennedy

Um resumo biográfico de presidentes assassinados, com invenções e realidades.

Abraham Lincoln foi o 16° presidente dos Estados Unidos, ocupando o cargo de 1861 a 1865, quando morreu assassinado.

Sua vida teve uma história maravilhosa, mas o filme que fizeram sobre ele, passado recentemente, nada demonstra de edificante, ao contrário, mostra-o como um neurótico e chefe do mensalão da época nos Estados Unidos, o que demonstra que até nisso estamos atrasados.

Dizem que ele cresceu na floresta, onde morava em uma choupana, e tinha de caminhar, no meio do mato, durante mais de duas horas para chegar até a escola.

No colégio, alguns até o apelidavam de "atrasadão", mas ele nem ligava muito para este apelido, quase sempre era castigado por chegar atrasado às aulas.

Assim fez o curso primário e, evoluindo, pode pegar emprestado o cavalo de seu pai e conseguiu estudar mais, até que algo, internamente, fez com que tivesse um sonho, um pouco grande para a sua situação, qual seja, o de ser presidente da República.

Pois não é que o "atrasadão" conseguiu chegar lá? Acho que os americanos são tão estranhos que, por sorte deles, e dos escravos, pensando que estavam fazendo uma bobagem, colocaram o lenhador na Presidência da República, o que deu certo.

Lincoln liderou o país durante sua maior crise interna, a Guerra Civil Americana, fortalecendo o governo nacional e abolindo a escravidão.

Entretanto, um ator e simpatizante das forças confederadas, John Wilkes Booth, não gostou muito do trabalho de nosso lenhador e, por isso, lhe acertou um tiro na nuca quando assistia a uma peça no camarote do Teatro Ford. Acabou com a vida desse grande presidente.

Já John Kennedy, 35° presidente dos Estados Unidos, também foi considerado um dos melhores Presidentes do país. Ao contrário de Lincoln, teve uma infância milionária e um pai que queria ter um filho comandando o país, de qualquer maneira.

Kennedy, que tinha muitas dores na coluna, precisava tomar injeções diárias para aguentar as eleições, seu pai o incentivou de todas as formas, pedindo, inclusive, a Frank Sinatra que levasse sua "turma" para votar no John.

Eleito, estava indo bem, casado com uma mulher maravilhosa e cercado de outras especiais, como Marilyn Monroe.

Ele era bonito, bom presidente, capaz e carismático, qualidades que, certamente, podem levar à morte violenta, pois geram uma inveja de matar.

Por isso mesmo, um tal de Lee Oswald pegou-o de emboscada, em Dallas, e acertou-lhe dois dos três tiros disparados com uma tremenda espingarda, de um edifício malocado próximo à passagem do carro conversível.

Depois, um cara chamado Jack Ruby deu um tiro na barriga desse Lee Oswald. Até hoje, não se sabe foi a máfia quem mandou matar o presidente.

Mais uma vez, isso evidencia que os americanos adoram dar tiros em presidentes da República e em crianças nas escolas.

Comida

Comida sempre foi considerada, além de essencial para a vida, um prazer que nutre o corpo, é conhecido o ditado de que "o homem morre pela boca", pois a maioria morre na velhice de tanto abusar da comida, e não por ser velho.

Comer é tão necessário para a vida que, em certa ocasião, quando caiu um avião na neve e não havia nada para os sobreviventes se alimentarem, acabaram comendo os colegas falecidos, ou seja, até o corpo dos mortos alimenta os vivos.

Mas com o progresso, essa coisa de comida prazerosa degringolou. Não dá mais para comer sobremesas, como chocolates e outras delícias, tendo em vista o triglicerídeo, nem é viável comer feijoada, hambúrguer, lasanha, linguiça e outros alimentos fantásticos, considerando o colesterol e as placas nas artérias que evoluem para, no mínimo, um enfarte.

Há o problema das calorias, que é a soma das gorduras, proteínas e hidratos de carbono, assim, sobra para você comer maçã, couve-flor, pepino, rabanete, uma água de coco e duas alfaces. Quando eu era novo, comia, quase sempre, no almoço, bife à milanesa, feijão com linguiça, arroz branco, farinha, poucas vezes salada, e muitos doces. Meu pai comia feijoada até à noite e nunca tinha ouvido falar em proteínas, calorias, carboidratos etc.

Hoje, se houver uma única refeição nesse estilo, poderá até ser aceita, mas com uma culpa que trará, em consequência, o aumento de mais meia hora na ginástica diária, ou caminhada, para queimar calorias.

Enfim, a comida passou a ser um transtorno, uma traição ao corpo. Comer bem é como trair a mulher, e o arrependimento vem em forma de punição, pois se está "matando" um pouco aquele corpo que lhe sustenta a vida.

Talvez seja por isso que existam tantos terroristas com vontade urgente de morrer, pois estão certos de que viverão no paraíso e que lá não haverá dietas e problemas calóricos, no que estão totalmente enganados, pois o que sabemos do paraíso é que só existia maçã e, assim mesmo, Adão, ao comê-la, ferrou toda a humanidade.

Mas os americanos, para reduzir a angústia e o número de terroristas, ao mesmo tempo em que bombardeavam o Afeganistão, enviavam, junto com as bombas, algumas delícias de sua cozinha, tentando evitar, dessa forma, que novos atentados fossem planejados por suicidas, em razão da alimentação que, passariam a acreditar, vinha do céu, onde a vida é paradisíaca para quem morre naturalmente.

Por falar em paraíso, lembro-me da imagem de um conflito entre terroristas muçulmanos que explodiram um avião de passageiros católicos. Todos executaram o plano certos de que deixariam esta vida para ingressar no Paraíso.

Por outro lado, os passageiros mortos, e que nada fizeram para morrer, merecendo o paraíso, chegaram lá e encontraram os suicidas, pois cada religião garantia o lugar no céu por meios completamente opostos. Vejam que conflito!!!

As prisões no Brasil

Após ver uma reportagem sobre as prisões em todo o território nacional, cheguei à conclusão de que a prisão, ao contrário do que parece, é um lugar no qual se depositam criminosos para que eles organizem uma rebelião, fujam ou morram.

A prisão talvez tenha sido inventada no ano C — devo esclarecer que ano C não é nem a.C, nem d.C — e sim o ano em que Cristo nasceu.

Digo isso porque os cristãos, na Roma antiga, fugiam da fúria dos imperadores e furavam o chão, onde se metiam, juntamente com os cadáveres dos que morriam, e lá, nas chamadas catacumbas, ficavam morando, enterravam seus mortos, jogavam cartas de sudro (jogo muito interessante, semelhante ao pôquer) e rezavam esperando sua aceitação, ou salvação, caso não fossem aceitos.

Um dia, os romanos descobriram as catacumbas e resolveram tapar a saída dos buracos. Assim, diziam eles, os cristãos ficariam presos e, com essa lição, deixariam de ser religiosos, renegando sua seita.

Dessa forma, nasceram as primeiras prisões. Os romanos, após noventa dias, abriram os buracos para ver se os cristãos já tinham se convertido, mas, os idiotas, surpreendentemente, encontraram todos mortos por asfixia.

Da época das catacumbas para os dias de hoje as prisões não evoluíram muito, nem evoluíram muito as mentes dos dirigentes políticos brasileiros que atuam nessa área.

Esse sistema penitenciário, que deveria visar à recuperação do criminoso mediante trabalho e afastamento do meio social, até seu possível reingresso, como um novo cidadão, transformou-se em algo muito pior do que o existente no ano C (inventado por mim).

Numa cela com lugar para quatro presos, são colocados vinte ou mais prisioneiros, sendo que, muitas vezes, os que ficam mais afastados das grades morrem por falta de ar.

O vaso sanitário é escolhido entre os mais fracos do que estão na cela, servindo eles de receptáculo dos dejetos dos demais.

Como não é possível dormir deitado, a maioria dorme de pé, encostados uns nos outros, e os que conseguem se deitar provavelmente não mais acordam no dia seguinte.

Esse desnível de tratamento leva os prisioneiros a se revoltar, queimando colchões, lençóis e companheiros. E a morte dos companheiros, contraditoriamente, dá uma satisfação aos demais, pois abre espaço.

O curioso de tudo isso é que vemos esses programas na televisão, como apareceu agora em uma longa reportagem, quase todos os anos, e a única diferença, de ano para ano, é que sempre o secretário de segurança local afirma já ter novas verbas que estão sendo aplicadas para a construção de penitenciárias exemplares, com o que terá término esse desumano tratamento carcerário.

Passam-se os anos, morrem os prisioneiros, fogem outros, queimam-se colchões, entram novos presos na penitenciária, e tudo continua igual, a novidade agora é a pretensão de alguns juristas de modificar as leis penais para prender apenas os criminosos de alto risco, liberando, assim, espaço nos presídios.

É inacreditável este país.

Um país perfeito e o executômetro

Em determinada época, em determinado país, tudo começou a dar certo.

Não havia mais doenças e todos passaram a morrer de velhice, por puro desgaste da máquina humana.

Acabaram os desastres, tal a perfeição dos meios de locomoção e das estruturas arquitetônicas. As pessoas começaram a perder o medo de viajar ou de sofrer alguma tragédia, pois estas não mais aconteciam.

Os criminosos antigos arrependeram-se dos crimes e passaram a trabalhar para as igrejas. Os políticos transformaram o país em um território no qual não havia mais pobres, todos estavam vivendo com alto poder aquisitivo.

Sim, era um mundo novo, irreal e, de tanta felicidade, começaram a surgir problemas antes inexistentes.

Os magistrados não tinham mais processos para julgar nem ninguém para condenar. A Justiça do Trabalho foi esvaziada, pois os empregadores quitavam todos os direitos corretamente e não exploravam mais os trabalhadores. Os tribunais foram fechando suas portas e os ministros e juízes perderam seus cargos, passando a receber igual aos demais sem emprego, ou seja, um valor mínimo que dava para manter uma vida razoável para o desempregado e a família.

Os médicos também não eram mais chamados, o cirurgião não tinha mais possibilidades de operar, nem havia pacientes nos hospitais ou clínicas especializadas. Todos – médicos, enfermeiros, atendentes e funcionários vinculados – perderam seus empregos e passaram a viver daquele salário, chamado "salário desemprego".

A polícia não era procurada e perdeu sua função, pois não existia mais criminosos e, com ela, fecharam-se todas as corporações relacionadas ao crime e à ordem social; os bombeiros perderam seus empregos, pois não havia mais tragédia, muito menos incêndios, o Exército, a Marinha e a Aeronáutica já não tinham mais atribuições internas no país, o qual, como não entrava em conflitos externos, esvaziou as funções das Forças Armadas.

Não havia mais notícias e os jornais tiveram de demitir seus redatores e fechar as portas.

Enfim, todos estavam ganhando bem e vivendo em harmonia, mas os turistas já não visitavam mais o país, porque ninguém sentia, em seus habitantes, a alegria de viver.

E da harmonia começou a surgir o caos, pois em pouco tempo as pessoas sentiram que a vida não era prazerosa porque tudo estava certo.

Os médicos queriam pacientes e os magistrados, processos; os advogados precisavam de clientes, não porque estivessem ganhando pouco, mas porque defender fazia parte de sua estrutura mental; os policiais entraram em crise, porque precisavam prender e não tinham a quem, e os próprios políticos sentiam-se derrotados, sem poderes nem mesmo para desviar uma emenda do orçamento.

A Marinha, a Aeronáutica e o Exército estavam com seus quadros totalmente enfraquecidos, como se seus integrantes fossem aposentados.

Resumindo, todos começaram a sofrer de depressão, fortíssima e inovadora, porque nunca prevista antes. Surgiu, então, a primeira camada de médicos psicanalistas e psiquiatras, e, paulatinamente, foram se ampliando as doenças decorrentes do estado depressivo, os crimes, os processos consequentes, e a ânsia de equiparação de ganho com as clínicas por outras empresas, voltando a concorrência, a lesão aos trabalhadores, os processos judiciais, até que, finalmente, tudo voltou ao normal.

Quando terminei de ler sobre o que aconteceu naquele país, vejo no site do Tribunal Superior do Trabalho o EXECUTÔMETRO, aparelho que mede diariamente o valor devido no Brasil pelas empresas aos empregados, e lá está o número R$681.606.497,71.

Sinto então um tremendo alívio: que bom que estamos no Brasil.

O processo eletrônico na Justiça

A eletrônica mudou o mundo e ninguém mais consegue viver sem estar a ela conectado.

Faz pouco tempo, quando pretendi voltar de um voo de Atenas com minha mulher, tive a insatisfação de saber que, embora estivesse com as passagens compradas, e isso estava confirmado, não poderia embarcar porque o funcionário digitou um número final errado de nossas reservas e elas não estavam no sistema. Eu e minha mulher passamos a ser "dois números errados", o que me deu a ideia de que, no futuro, nosso nome pouco valerá, mas sim o número que teremos para fins eletrônicos.

Naquele momento verifiquei que a pessoa, hoje, não é mais ela mesma, mas um número ou código devidamente anotado no computador, não interessando, se houver erro da máquina, que você seja você.

Atualmente, estão transformando os processos na justiça em processos eletrônicos, ou seja, você envia a petição eletronicamente, ela é contestada da mesma forma, os depoimentos e outras provas são convertidos em peças escaneadas para um arquivo e o magistrado, apreciando os autos eletrônicos, emite sua sentença, da qual cabe recurso, também eletrônico.

O que se vê é que vale muito pouco a figura do advogado ou do juiz, porque o líder do processo atual é o programador.

São os formuladores da política de informatização do Judiciário que possibilitam o encaminhamento do processo, quase que substituindo o Código de Processo Civil, o qual tem de se adaptar aos programas por eles instituídos.

Assim, a notificação virtual, embora ninguém ensine na faculdade, é disponibilizada no computador e o prazo corre no dia seguinte ao da disponibilização. Nas varas do trabalho já totalmente informatizadas, o advogado comparece à audiência, mas entrega sua defesa, eletronicamente, horas antes e os documentos são vistos pelo computador, procedimento inexistente na legislação processual, quer trabalhista, quer civil.

Se o advogado quer substituir uma petição juntada com algum equívoco, ainda no seu prazo de recurso, não poderá conversar com o diretor da secretaria ou com o próprio juiz, mas com o computador, que não lhe dará nenhuma resposta.

O contato físico do juiz com o advogado, ou com as partes, está desaparecendo, a oralidade não mais existirá e as próprias defesas e sentenças, conforme a matéria, são coladas de jurisprudência encontrada nos sites, ou doutrina existente no Google, o que termina com as pesquisas doutrinárias e põe um ponto-final nas bibliotecas e nos grandes juristas.

Se o servidor do tribunal, enquanto não for virtual, esquecer, ou falhar, na juntada de uma folha, na qual conste o comprovante de custas, ou de depósito judicial, ou se não juntar algum documento relevante, como se comprovará a existência do erro? Ninguém diz, mas a presunção é a de que o advogado não fiscalizou os autos. Como fiscalizar, se quem junta as peças não é mais o advogado e sim servidores do próprio Tribunal?

E quando dobram, por exemplo, uma folha comprovante das custas e o número principal não aparece, e o seu recurso é julgado deserto?

Os votos nos Tribunais são enviados, com antecedência, para outros magistrados estudarem a matéria, mas na sessão já estão prontos, devidamente registrados no programa. Daí surge algo de curioso: dificilmente se consegue alterar o voto do relator, mesmo que ele verifique que a tese que o advogado sustentou oralmente, contrária à dele, está correta.

Não se trata de má-fé, é que se torna difícil alterar o voto na sessão sem que haja um funcionário que ajude o magistrado a deletar, colar, escrever novamente, enfim, praticar um esporte que ele nunca estudou na universidade, que é algo que hoje meu bisneto faz melhor que eu.

Há pouco tempo, quando eu ia para a tribuna sustentar um processo, ficava com o mesmo ao lado, e se fosse preciso demonstrar algum detalhe que se encontrava nas folhas, abria os autos e tinha facilidade em encontrar material de relevante utilidade naquele momento.

Hoje colocam na minha frente, na tribuna, um computador, com um programa que desconheço, como se eu fosse um dos funcionários do CPD do meu escritório e tivesse a facilidade de encontrar nos autos o que preciso naquele momento, esquecendo-se, os que implantam esses procedimentos, que a faculdade que cursei foi de direito, nela não havia nenhum curso ou matéria sobre processos virtuais.

Li no jornal que, em recente julgamento, uma desembargadora que atuava como substituta na turma do tribunal não teve a possibilidade de votar, desempatando o julgamento, porque seu voto não entrava na máquina do magistrado titular, suspendendo-se então a sessão.

O presidente da turma quis usar sua autoridade de direção na corte, mas essa autoridade esvaiu-se frente ao seu não conhecimento da implementação do programa eletrônico do chip da desembargadora substituta.

Será que o princípio da oralidade, da autoridade do juiz sobre o programa, do direito que tem o advogado de ingressar com uma ação em juízo sem ter computador ou conhecer seu uso, será que o direito todo, em seu conjunto, não está sendo lesado nesse objetivo maluco de se transformar tudo na vida em processo eletrônico, até o direito?

Quantos anos vivemos regidos por um Código Civil? Qual a tradição de nossos cartórios de notas? Como fica a secretaria judicial com seu diretor? E os memoriais e pareceres ainda serão lidos frente a um processo que está todo inserido no computador, sabendo o magistrado mesclar as razões do memorial com as páginas eletrônicas?

Combina com o direito e com a justiça a aplicação total do processo eletrônico, ou há uma dignidade no direito correspondente à tradição que nunca deveria ser alterada em seu conteúdo básico? Alguém já parou para pensar sobre isso?

Nessa ânsia de viver cada vez mais rápido e de acelerar os processos judiciais, independentemente de um processo que sempre fez parte do direito — dar a cada um seu direito seguindo as regras tradicionais —, será que não está se acabando com a própria justiça?

Imagino, no futuro, computadores com programas que avaliem a inicial, a defesa, provas e, em uma complexidade resolvida pela Apple, que tudo resolve, prolatem uma sentença, a qual o magistrado apenas ratificará com sua pena, como fazem atualmente os tabeliões nas escrituras redigidas por seus escreventes juramentados, que, aliás, não mais redigem, porque são elaboradas eletronicamente.

E nos tribunais colegiados poderemos ter advogados sustentando eletronicamente de seus escritórios, e três, seis ou onze megacomputadores nos lugares dos desembargadores ou ministros, com capacidade de apreciação de teses que a eles já foram repassadas por seus usuários, decidindo por unanimidade, ou por maioria, conforme seus programas e a ideologia neles inserida.

Conversa entre fetos

Ela estava grávida de gêmeos e já no oitavo mês. A gravidez corria bem e o casal estava feliz com os primeiros filhos vindo de uma só vez, eram do sexo masculino.

Enquanto a mãe descansava à noite, antes de sair para um compromisso social, os fetos, no interior de seu corpo, conversavam sobre questões as mais filosóficas:

— Estou sentindo que, em pouco tempo, essa nossa vida vai acabar – disse o feto número 1.

— Eu não tenho medo, ao mesmo tempo fico pensando como será depois, se existe alguma vida ou se com o nascimento acabará tudo – esclareceu o feto número 2.

— Ora, deixa de ser ateu – respondeu o primeiro feto. Certamente que, após o nascimento, teremos uma outra vida, embora nunca ninguém que nasceu tenha voltado para nos garantir isso.

Evidentemente que essa nossa forma de ser, nossa alimentação e respiração, tudo acaba ao nascer, mas quem sabe não há um ser superior que nos levará, em outro formato, para um mundo novo, sem sofrimentos, como os que temos às vezes no nosso recipiente, e sem o risco de haver, depois, outro nascimento?

— Não – disse o feto número 2. – Não acredito em nada, com o nascimento acaba tudo que temos, perderemos este tubo que nos alimenta e este mundo quente e aquecido no qual vivemos. Por que imaginar que teremos uma nova vida após nascer? É preciso ser corajoso para entender que nossa vida é esta, de feto, e acabando no nascimento, tudo se acaba.

O que você, feto 1, tem mesmo é medo de perder esta nossa vida, e então cria, através de seu pensamento, como que para se resguardar desse medo, a possibilidade de continuar vivendo após nascer, como se não aceitasse a condição de que, com o nascimento, nós nos extinguimos e nada mais existirá.

— Veja bem, - disse o feto número 1 - nós dois estamos muito vinculados, e se houver vida após o nascimento para um, haverá logicamente vida também para o outro. É preciso, pois, acreditar, ter fé, e a crença de que continuaremos a viver após o nascimento, nem que nós dois não tenhamos qualquer lembrança desta vida de agora.

— O que acredito mesmo - disse o feto número 2 - é em como está boa a nossa vida aqui nesse quentinho, nada nos falta e a gente até sente uma afetividade enorme, talvez de um Deus existente nesta gestação, que só quer o nosso bem. É nisso que acredito, e que quero viver mais, embora saiba que já estamos ficando velhos e que nossa idade máxima de vida alcança os nove meses, podendo até ser que, com o nascimento, acabe neste oitavo mês, pois nós dois estamos crescendo e evoluindo rapidamente.

No meio dessa conversa, a mãe, que descansava, é chamada com urgência pelo marido, pois já estavam atrasados para o jantar.

Ela levanta-se rapidamente e corre até o carro, que já está ligado, com o marido aguardando, apreensivo.

Os fetos número 1 e número 2, frente ao que lhes pareceu um "terremoto", que nada mais foi do que a corrida da mãe, ficaram calados e agachados, com medo que estivesse se aproximando a morte, a qual lhes daria a vida.

O assalto

Cheguei a São Paulo com minha mulher, sem maiores compromissos e esperando um ótimo fim de semana, ou seja, hotel maravilhoso, restaurantes fantásticos, algumas peças de teatro, enfim, um descanso merecido nesse quase final de ano, quando, no retorno, terei aquele acúmulo de pautas nos tribunais até 19 de dezembro.

Descemos em Congonhas, era uma quinta-feira, às doze horas, entramos em um táxi rumo à Oscar Freire. Quando estávamos na avenida Estados Unidos, comentei com o motorista a respeito do número fantástico de motoqueiros e como deve ser difícil dirigir em São Paulo, porque, em qualquer manobra, mesmo lenta, por distração, você pode pegar um entregador de pizza, por exemplo, e enviá-los, ele e as pizzas, para o espaço.

Foi quando, no meio dessa conversa, ouvimos alguém bater forte no vidro do motorista. Efetivamente era um motoqueiro, mas não estava batendo porque teria sofrido uma fechada, batia com a coronha da arma porque queria nos assaltar.

O taxista abriu o vidro e, imediatamente, um sujeito relativamente novo, sentado em sua moto, colocou uma arma pelo vidro, dirigida a minha mulher e a mim, gritando para que lhe entregássemos nossos relógios.

Mônica tirou rapidamente o dela e, como eu demorei um pouco a soltar o meu, ele começou a gritar por maior rapidez. Entregamos ao motoqueiro os dois relógios, ainda com o sinal fechado, o que possibilitou que ele saísse em disparada na frente de todos. Acho até que, se demorássemos mais e o sinal abrisse, o fim do assalto poderia ter sido trágico.

Chegamos ao hotel, minha mulher muito angustiada e eu, claro, também. O pensamento que mais me ocorria era o de que certamente agimos bem ao não impor qualquer reação, mas, mesmo todos sabendo que não devem reagir em um momento desses, imaginei que, muitas vezes, os gestos são inconscientes e podem levar o casal rapidamente para um passeio em outro mundo.

Tenho certeza de que o meu pensamento, naqueles segundos, era o de dizer para o assaltante:

– Por que vou te dar meu relógio? Vai procurar outro, seu vagabundo

Talvez esta frase que tive vontade de dizer, estivesse entre meu inconsciente e meu consciente, e certamente estamos salvos porque o consciente falou mais alto mandando eu ficar quieto.

Ontem, lendo o jornal em Brasília, vi que uma mulher foi assassinada porque o assaltante pulou ao seu lado, no carro que dirigia, determinando que ela parasse, mas ela, inconscientemente, apertou o acelerador, o que ocasionou sua morte.

É claro que não devemos reagir e temos de nos resguardar contra qualquer reação, mas o que me demonstra esta experiência é a fragilidade da vida, tudo pode se transformar em segundos, e você, que existia, passa a não mais existir em razão de um relógio e de alguém que passa na rua e nunca lhe viu.

Então, o que é a vida? É a sorte de não levar um tiro em determinadas situações? É a possibilidade de cair nas mãos de um médico que não erre com você em uma doença grave? É o não estar, não sabemos porque, naquele avião que caiu e que possivelmente nele viajaríamos? É o escapar com vida de um desastre de automóvel no qual os demais morreram?

Não, a vida não pode ser apenas sorte. A vida é muito mais. A vida é construção; é ultrapassar as barreiras; é a estrutura familiar que você planta, porém mais, muito mais do que tudo isso, a vida é a preparação de uma melhor energia interna que nunca morre.

Comparações

Quando eu tinha doze anos convidei uns dez amigos da turma da praia – Copacabana Posto 6 – para ver a televisão que meu pai tinha comprado. Ficamos, então, durante quatro horas assistindo ao retrato de um índio que aparecia na TV Tupi, que era a única. De dez em dez minutos alguém dizia:

– O índio não tem bandeira.

Era uma emoção fantástica. Hoje só existirá sentimento parecido se o artista sair da tela e sentar a seu lado.

Lembro-me, antes de Brasília, quando no Rio conheci um senador e, posteriormente, o deputado Carlos Lacerda. O sentimento era um misto de orgulho e vaidade por ter conhecido tais figuras da política nacional. Hoje, com raras exceções, você foge de tais apresentações.

No início de minha advocacia, batia as petições em uma máquina Remington, com carbono, e dava entrada vendo nas fichas que levava à tramitação dos demais processos. Hoje digito a petição que um departamento interno do escritório envia ao tribunal. Era preciso ler sobre a doutrina e a jurisprudência existentes, mas atualmente, com tudo computadorizado, o pessoal do CPD talvez faça melhor a petição do que o próprio advogado.

As empresas cumprimentavam seus advogados pelo êxito da tese ganha. Agora cumprimentam o setor de relatórios. Se continuar assim, em pouco tempo as teses serão apresentadas na justiça por especialistas em julgamentos semelhantes aos seus interesses, com maior conhecimento em computação do que em direito, e os magistérios, no futuro, talvez sejam substituídos por computadores.

Qualquer um que ficasse doente na minha casa recebia a visita de um médico conhecido que dava tratamento parecido e todos ficavam bons. Hoje, com o avanço da medicina, nem os próprios médicos conhecem bem os tratamentos que devemos ter, sem pessoalidade na relação com o paciente, as soluções decorrem dos instrumentos. Há, inclusive, muitas cirurgias nas quais quem opera é o computador e não o médico.

Imaginem que, atualmente, no meu escritório, às vezes na sala ao lado, converso com o colega mediante e-mail, passamos dias com apenas uma parede nos separando, conversando eletronicamente, e nos encontramos mesmo no fim de semana em um jogo de tênis.

O teletrabalho possibilita já há muitos fazer seu serviço na residência, as empresas terceirizam cada vez mais, a ponto de gigantescas indústrias terem como trabalhadores apenas a diretoria.

Tudo isso traz uma ideia de vazio, parece que, nos dias de hoje, o grande amigo do homem e o único mesmo com quem ele conversa é seu psicanalista.

Será isso o progresso?

Sindicato dos colarinhos-brancos

O governo federal e o Congresso Nacional, frente à nossa legislação desatualizada em matéria de direito coletivo do trabalho, está estudando projetos de lei para reformular a estrutura sindical do país, a qual continua baseada no sindicato único da categoria por região, inadmitindo a pluralidade sindical.

Assim, os bancários, os comerciários, os trabalhadores das indústrias, a construção civil, das áreas de serviço, e até mesmo os servidores públicos, têm ingressado, em sua base territorial, com dissídios coletivos contra o sindicato patronal, objetivando condições de trabalho e maior dignidade profissional.

Existe, porém, uma nova categoria de trabalhadores que, ao contrário das demais, não tem garantias dos hipossuficientes e cresce de forma vertiginosa no país sem que haja uma regulamentação da atividade que exercem, a qual deveria constar dessa formulação das leis trabalhistas.

Vemos, quase que semanalmente, a Polícia Federal prender, de uma só vez, inúmeros corruptos, chamados de criminosos de colarinho branco, os quais, além da defesa de seus advogados, que quase sempre os liberam em prazo recorde, não têm outras garantias, sendo discriminados em seu árduo trabalho de fraudar os cofres públicos, pois não têm tido nem mesmo a benevolência do segredo de suas prisões.

É necessário, assim, que seja fundado um sindicato profissional desses marginais, o qual poderia ser denominado "Sindicato dos colarinhos-brancos" (SCB), cuja entidade patronal correspondente seria o governo federal ou a própria Polícia Federal, a qual não os deixa em paz.

Seria, de imediato, feito um dissídio coletivo com cláusulas requerendo:

1. que a prisão seja feita sem alardes, não podendo ser fotografada ou filmada e que os denunciados sejam avisados, no mínimo, com 24 horas de antecedência para que possam, se for o caso, fugir do país,
2. que os pobres coitados dos que forem presos sejam soltos no máximo em 48 horas e não em até cinco dias, como é de costume;
3. que seja proibido o uso de algemas quando da prisão, ou, se necessário, que sejam de plástico transparente;
4. que, sendo os fraudadores denominados "colarinho-branco", a Polícia Federal dê a eles o direito de, antes da prisão, vestirem-se adequadamente com terno, gravata e camisa de colarinho branco;
5. que tenham o direito de não delatar nenhum outro que esteja vinculado ao crime, a fim de que os poderes constituídos não comecem a tremer;
6. finalmente, que sejam indenizados quando da sua liberação, porque presos indevidamente, uma vez que não são pobres, devendo ser respeitada sua condição social no país.

Creio que a essas condições de trabalho outras serão incluídas, mas o importante é não deixar que se trate esses coitados como qualquer miserável, ou como o caso conhecido daquela empregada doméstica que roubou no mercado alimentos para a filha comer e já está na prisão há mais de quatro anos sem qualquer trânsito em julgado de seu crime.

Tapa na cara do brasileiro

Acho que, como todo brasileiro, cansei de levar tapa na cara. Chega! Já é demais!

Vejamos o que vem acontecendo nesses últimos tempos:

– Vamos tirar a Dilma porque ela agiu dolosamente com as pedaladas...

Está bem, o Congresso afasta a Dilma e todos os brasileiros se ufanam dizendo: "Agora vem um governo de notáveis para consertar o país..."

O ministério de notáveis, logo de início, coloca três ou quatro ministros que estão sendo investigados criminalmente, sendo que o ministro principal era, há pouco tempo, o líder do governo Dilma no Senado.

Esperem porque há desculpas:

– Quem é investigado não é ainda réu e pode ser absolvido.

Ufa!!! Que alívio.

Não passam quinze dias de governo e o ministro do Planejamento, Romero Jucá, é passível de uma gravação na qual afirma textualmente que estava planejando uma forma de evitar a operação "Lava Jato", que tem boas relações no STF, com exceção do ministro Teori, que é muito fechado. Deixa claro, ainda, que Aécio teve uma eleição quando presidente da Câmara um tanto quanto irregular (para não dizer outra coisa), e admite que o plano de tirar Dilma seria uma forma de amolecer a operação judicial contra o crime.

Esse sujeito, que não é afastado imediatamente, é exonerado mais tarde para voltar ao Senado, onde continua, com o brilho de sempre, atuando politicamente em mais de quatro investigações criminais a que responde.

Daí o brasileiro, após o almoço, liga a televisão e ouve que a esposa do presidente Collor, com uma amiga, Luciana, recebeu diretamente de um delator 20 mil dólares cada uma, tais valores depositados em seus cartões, para passarem alguns dias em Miami.

Vem então a notícia de que o próprio Collor está respondendo a diversas investigações criminais com quatro carros penhorados. E estamos tratando aqui de um ex-presidente e de um atuante senador da República.

Então vemos o presidente do Senado, Renan Calheiros, ser portador de maior número de investigações criminais do que os outros, falando sobre as orientações que deve tomar o Congresso Nacional com relação às votações para que possam salvar a República. E aparece conversando com o ex-presidente José Sarney, o qual, conforme sites publicados, teria uma fortuna avaliada em quase 10 bilhões de reais.

Ao mesmo tempo, diz a imprensa que o filho do senador Renan teve a eleição paga por propinas recebidas pelo eminente senador.

Não bastasse tudo isso, o senhor presidente interino nomeia para líder na Câmara dos Deputados, um sujeito que responde a quatro inquéritos criminais, é amigo íntimo do ex-presidente da Câmara Eduardo Cunha, que, afastado pelo Supremo Tribunal Federal (STF), continua comandando a política neste país.

Finalmente, o ministro da Fazenda vem a público dizer para que nós, o povo, apertemos o cinto porque o governo precisa economizar, preconiza uma redução de direitos na aposentadoria, embora o rombo de propina na Previdência seja maior do que o que ela paga aos trabalhadores.

Na esquina, um cortador de grama da mansão de um

"bacana" foi preso pela polícia porque teria se apropriado de cinco quilos de açúcar da madame quando voltava para casa, em Valparaíso, de ônibus, percurso que leva mais de duas horas. A prisão é preventiva, mas ele não tem advogado e não deverá ser solto tão cedo.

E assim, de tapa na cara em tapa na cara, o brasileiro vai ouvindo essas loucuras, tudo comprovado há muitos anos. Esses são os homens que dirigem o país, que dizem que têm amizades e comandam o STF. A verdade é que a Suprema Corte, em razão do foro privilegiado desses artistas e do volume de processos fantásticos que recebe, não consegue julgar todos os recursos, com os consequentes embargos e mais embargos e mais embargos, e tudo continua como antes, desde d. João VI.

Queria ser religioso

Queria ser religioso, talvez católico, acreditar nos milagres, na transformação da água em vinho, naquele aleijado que levantou e saiu andando. Queria engolir a hóstia e voltar para o meu banco na igreja, crédulo, de cabeça baixa, novo por dentro, amado por mim e pelo Senhor que acabei de receber.

Se estivesse para morrer eu teria a fé de que iria para o céu, e que, no final, ressuscitaria dos mortos, e que minha morte, então, seria algo maravilhoso, mas nem por isso eu me suicidaria, porque a vida aqui na Terra ainda teria muito de bom a me dar.

Seguiria os evangelistas Pedro, Paulo, João; confessaria ao padre meus pecados, que de tão repetitivos, teria de repetir sempre quatro padres-nossos e cinco ave-marias.

Estaria na missa nos domingos, levantando e ajoelhando, ajoelhando e levantando, toda a vez que o padre erguesse as mãos para que eu as seguisse.

Poderia ser, quem sabe, da Igreja do bispo Edir Macedo e lá passaria meus feriados, com a família, recebendo ganhos, melhorando na vida com automóveis, casas e muito mais, conforme o dízimo. Minha vida seria dedicada à Igreja com amor fraternal e a certeza de obter tudo em nome de Deus.

Retiraria do meu corpo os demônios, pela força dos

pastores e, certamente, me transformaria em um ser mais iluminado, com a certeza de alcançar benesses pela minha fé inquebrantável.

Seria, talvez, um obediente ao *Alcorão*, rezaria três vezes por dia, fazendo oblações antes de curvar-me e ficar de joelhos, desde as cinco horas da manhã, finalmente, quando chegasse minha hora, encontraria no outro mundo inúmeras pessoas para ser por elas amado.

Gostaria de, como Buda, sentar no meio da estrada e mediar, jejuando, quem sabe por dias ou meses, até encontrar a iluminação.

Poderia ser espírita, acreditar na reencarnação, receber passes. Quem sabe, possivelmente eu seria um médium, a curar ou amenizar a dor dos que me procurariam.

Por que não ser da umbanda, recebendo um pai de santo forte, afastando os demônios com minhas forças vitoriosas e trazendo para muitos a felicidade importada de dentro do meu ser já transformado em outro?

Como protestante, seguiria a *Bíblia* com rigor e levaria a palavra aos que mais precisam e, em minha igreja, os cânticos trariam a paz aos que necessitassem.

Se judeu fosse, seguiria os passos bem esclarecidos pelos rabinos nas sinagogas, e faria os jejuns necessários, enquanto aguardaria a vinda do Senhor.

Enfim, rezar, em qualquer que seja a religião, poderia me trazer a paz desejável para viver nos dias tão conturbados atuais, bem como para morrer, com a certeza de ter uma continuidade de vida melhor após a morte.Tudo isso eu queria, mas meu pensamento (ou, talvez, minha burrice) não me deixa fazer nada além de escrever sobre o que eu gostaria de seguir, e não sobre o que eu sigo, porque o que sigo é nada.

SOBRE O AUTOR:

José Alberto Couto Maciel é advogado. Em 1962 foi nomeado redator da Agência Nacional da Presidência Da República. Atuou como secretário jurídico do Supremo Tribunal Federal; advogado da Presidência da República, do Banco Nacional de Crédito Cooperativo, da Superintendência da Zona Franca de Manaus, da Comissão de Financiamento da Produção e do Ministério do Trabalho, este último por mais de oito anos. Foi procurador da L.B.A. e da Presidência da República onde se aposentou. Pós-graduado em Direito Individual do Trabalho, Processo do Trabalho e Direito Coletivo do Trabalho. Professor de Direito Processual e Individual do Trabalho. Membro do Instituto Latinoamericano de Derecho del Trabajo y de La Seguridad Social, do Instituto Iberoamericano del Derecho del Trabajo y Seguridad Social, do Centro Latino-Americano de Direito Processual do Trabalho e da Asociación Iberoamericana de Juristas del Derecho del Trabajo y La Seguridad Social. Integrou, a comissão de atualização da CLT (1975), presidida pelo ministro Arnaldo Sussekind, tendo sido presidente da Comissão de Economia de Combustíveis, do Ministério do Trabalho, em substituição ao ministro Mozart Victor Russomano. Integrou grupo de trabalho formado no Ministério das Relações Exteriores para estudar a situação do trabalhador brasileiro junto aos organismos internacionais. É membro e foi presidente do Instituto dos Advogados do Distrito Federal. É membro do Instituto dos Advogados Brasileiros, do Instituto dos Advogados de São Paulo, do Instituto dos Advogados do Rio Grande do Sul e da Academia Nacional de Direito do Trabalho. Foi conselheiro e delegado governamental na 60ª Conferência Internacional do Trabalho, em Genebra. É autor de mais de quarenta livros especializados em Direito do Trabalho, sendo que um deles, *Direito do Trabalho ao alcance de todos*, foi transcrito em braille e vendeu mais de 750.00 exemplares. Trata-se de um livro feito na linguagem simples do trabalhador para que ele possa, mesmo sem advogado, exercer seus direitos na justiça do trabalho. É autor de duas monografias premiadas pelo Tribunal Superior do Trabalho.

LIVROS PUBLICADOS:

A justiça do trabalho (1941/1981)

Habeas corpus por justa causa

O contrato de trabalho e suas alterações (duas edições)

Direito do trabalho ao alcance de todos (sete edições)

Direito do trabalho ao alcance de todos e a nova constituição (quatorze edições)

O processo atual e o contrato de trabalho do empregado doméstico (livro premiado pelo tst)

Manual de direito individual e processo de trabalho

Tendências do direito do trabalho contemporâneo (emcolaboração)

Comentários à jurisprudência do stf em matéria trabalhista (volume i)

Comentários à jurisprudência do stf em matéria trabalhista (volume ii)

Comentários á jurisprudência do stf em matéria trabalhista (volume iii)

Dicionário de direito e processo do trabalho (academia nacional de direito do trabalho – colaboração)

Direitos trabalhistas dos bancários (três edições)

Advocacia no tribunal superior do trabalho

Reflexões poéticas de dois advogados - meu pai e eu

Sindicalismo - homenagem a martins catharino (em colaboração)
Direito do trabalho ao alcance de todos e a nova constituição

Relações coletivas de trabalho - (vários autores - edição ltr - homenagem a arnaldo lopes sussekind)

Precedentes do tst em dissídios coletivos - comentários (ltr)

Curso de direito constitucional do trabalho (vários autores - homenagem a amauri mascaro nascimento) - ltr – 1991

Recurso de revista - (ltr - 1992)

"*Recursos trabalhistas - agravo de instrumento e embargos de declaração*" *com roberto caldas alvim de oliveira* - (ltr - 1993)

Garantia de emprego já em vigor - (ltr - 1994)

Estórias para crianças grandes - (artago - março/1996)

Comentário a convenção 158 da oit - (ltr - março/1996)

Novo direito do trabalho ao alcance de todos (ltr/julho/1997)

Curso de direito coletivo do trabalho (vários autores) – ltr/1997

Empregado ou supérfluo? (publicação - janeiro/98 – ltr)

Comissões de conciliação prévia – comentários à lei 9958/2000 – (monografia)

Comentários às novas reformas do judiciário – consulex/2000

A lei do rito sumaríssimo e da comissões de conciliação prévia na justiça do trabalho vista pelos juristas – forense 2002 – (vários autores)

Ensaios de direito do trabalho

Curiosidades inúteis – cartago – setembro 2003

Recursos trabahistas – ltr 2004 – vários autores

O servidor público e a justiça do trabalho – vários autores – ltr/2005

Reforma do processo trabalhista – individual e coletivo com dra. Maria clara sampaio leite – consulex/2006

Livro de aluvião - poesias dez/2011 editora dom quixote

"Direito do trabalho ao alcance de todos – atualizado" – em co - autoria com paula maciel - julho/2011

Temas contemporâneos do direito" vários autores – guerra editora -2011

"Advocacia empresarial do trabalho" – estudo em homenagem a granadeiro guimarães – vários autores - 2012

"Dicionário brasileiro de direito do trabalho" – vários autores - ltr 2013

"Visão da advocacia maciel no direito do trabalho" – vários autores – autor e coordenador novembro/2012

"Anais da academia de direito do trabalho" 2013 – vários autores.

A *reforma trabalhista – o impacto nas relações de trabalho* – vários autores, - dezembro de 2017.
Direito do trabalho ao alcance de todos atualizado de acordo com a lei 13.467/2017.

Livro em homenagem ao ministro joão oreste dalazen. Trabalho realizado em conjunto.

Livro em homenagem ao ministro aloysio corrêa da veiga.trabalho realizado em conjunto.

Desenhos (capa e miolo): José Alberto Couto Maciel

Edição: Adriana Maciel
Revisão: Eduardo Carneiro

Projeto gráfico, diagramação e capa:
Design de Atelier/Fernanda Soares

Foram respeitadas, nesta edição, as regras do novo
Acordo Ortográfico da Língua Portuguesa

M152c

Maciel, José Alberto Couto Maciel, 1940 -
Conversas, crônicas e impressões / José Alberto Couto Maciel.
– Rio de Janeiro: Numa, 2018.
160 p. ; 22 cm.

ISBN 978-85-67477-14-5

1. Ficção brasileira. I. Título.

CDD – B869.3

Fonte: PMNCaecília
Papel: Polen Soft 70/m2
Rotaplan Gráfica e Editora